Erzähl

Dir

Zeit

Band 2
Erzählungen

„Die zwei größten Tyrannen
Der Erde:
Der Zufall und die Zeit."

J.G. von Herder

Luise Link

Erzähl

Dir

Zeit

Band 2
Erzählungen

*Bibliografische Information der Deutschen National-
bibliothek:*
*Die Deutsche Nationalbibliothek verzeichnet diese
Publikation in der Deutschen Nationalbibliografie;
detaillierte bibliografische Daten sind im Internet
über http://dnb.dnb.de abrufbar.*

*TWENTYSIX – Der Self-Publishing-Verlag
Eine Kooperation zwischen der Verlagsgruppe Ran-
dom House und BoD – Books on Demand*

*Herstellung und Verlag:
BoD – Books on Demand, Norderstedt*

ISBN: 978-3-740-71147-4

Inhaltsverzeichnis

Rose von Dorth

Rose saß am Schreibtisch. Wie jeden Morgen über den wie immer gleichen Zahlenkolonnen. Rechts vorn auf ihrem nussbaumartigen Marterinstrument der abgehärmte, reichlich vertrocknete Kaktus als Symbol ihres eigenen Daseins und ihres fast fünfzehnjährigen Martyriums in dieser Firma.

„Von einer Rose hat sie gar nichts", hatte Mama an Roses zwölftem Geburtstag Papa angefaucht. „Das Pyknische hat sie von dir, den kleinen Geist auch. Ich hätte es ja wissen müssen, aber hinterher ist man immer klüger." Rose war in der Küche gewesen. Aber sie hatte alles genau gehört.

Rose musste sich schnupfen.

Ein Blick auf die Uhr zeigte, dass es endlich halb zehn war. Zeit für die Kaffeepause.

Sie legte die Blätter auf einen Haufen, ließ den Stapel durch ihre Hände gleiten, bis er rechtwinklig war, legte den Stift links vor ihre Tastatur, schob den Stuhl erst nach hinten, nach dem Aufstehen wieder unter den Schreibtisch und begab sich, auf ihren Stampfern, wie Mama immer gesagt hatte, in den Frühstücksraum im Keller.

Eine Kriegserklärung hatte Rose nicht erhalten.

Trotzdem war ihr, als sie den Frühstücksraum betrat, unverzüglich klar, dass ab heute Morgen mit feindlichen Begegnungen oder Scharmützeln gerechnet werden musste.

Auf ihrem Platz, den sie seit vierzehndreiviertel Jahren erfolgreich annektiert hatte, stand eine Tasse mit dampfendem Kaffee. Eine Namenstasse. Karins Tasse. Und deren Eigentümerin hatte es sich auf Roses Stuhl bequem gemacht.

Karin war die neue Telefonistin. Nach nur einer Woche Anstellung war sie beim jährlichen Fototermin fürs Betriebsfoto so elegant erschienen, dass selbst die schicke Frau Möller, die Bereichsleiterin der Sparte A, underdressed gewirkt hatte. Unbegründetes Selbstbewusstsein von hier bis Bagdad, hatte Rose damals gedacht, aber Karin hatte sich bis heute schon eine gute Startposition zu verschaffen gewusst.

Bei ihr liefen alle Nachrichten zusammen. Sie wusste alles und jedes, und Rose hegte den Verdacht, dass sie vor allem kräftig zur weiteren Verbreitung von negativen Informationen beitrug. Sie hatte sich dieser Beschäftigung wohl gerade gewidmet, als Rose den Raum betreten hatte. Denn urplötzlich war das Gespräch bei ihrem Eintritt verstummt.

Rose ging zur Kaffeemaschine, um sich eine Tasse Cappuccino zu holen. Sie ging langsam, verzögerte jeden Schritt. Vielleicht würde ihre Gegnerin doch noch das Feld räumen und dem Scharmützel ausweichen. Als Rose sich jedoch ihrem Platz wieder näherte, hatte Karin eine weitere Markierung des Territoriums vorgenommen. Nun stand auch noch ihre Handtasche neben der Karinkaffeetasse.

Rose spielte ein ganzes Set von möglichen Verbaläußerungen durch.

„Karin, das ist aber mein Platz, auf dem du da sitzt. Kannst du bitte aufstehen?"

So devot ging es wahrscheinlich nicht. Griet, die links neben Karin saß, würde sich sonst diebisch freuen. Die hatte sich schon immer über sie lustig gemacht. Und Hanne, die rechts saß, würde sowieso den Mund halten und hoffen, dass man ihr selbst nichts zuleide tat.

„Karin, gefällt Ihnen – plötzlich zum Sie zurückzukehren, würde durchaus Aufmerksamkeit erzeugen – mein Platz so gut, dass ich Ihnen mit der Überlassung eine Freude machen kann?"

Gar nicht so übel, sinnierte Rose, wenn ich es lustig rüberbringe, würden die beiden anderen vielleicht lachen und Karin wäre dann blamiert und isoliert.

Als Rose gerade ihren Entschluss in die Tat umsetzen wollte, um Handlungsalternative zwei ablaufen zu lassen, wurde sie von hinten angerempelt. Die Tasse mit dem Cappuccino fiel klirrend zu Boden. Sina, die zweite Telefonistin, legte ihre Hand auf Roses Schulter und flötete:

„Frau von Dorth, das tut mir wirklich unendlich leid, dass wir zwei so unglücklich aneinander geraten sind. „Eigentlich", sie sprach jetzt zu Karin, Griet und Hanne gewandt, „eigentlich kann man sie ja gar nicht übersehen, nicht wahr, aber heute? Mmh", fuhr sie weiter mit lauter Stimme fort, „das sieht vor Ihnen ja wirklich aus, als hätten Sie in die Stube gepinkelt."

Da stand Rose nun, eine dicke gelbbraune Pfütze vor ihren Füßen, alle Augen auf sich gerichtet, und vor allem ohne Sitzgelegenheit und ohne Kaffee. Sina, obwohl Verursacherin des Malheurs, hatte sich einen Stuhl zu Karin herangezogen, dachte nicht im Traum daran, die Pfütze mit Papiertüchern aufzuwischen, sondern schaute im Gegenteil höchst amüsiert, im Quartett mit den drei anderen, auf Rose, um ihr bei der Beseitigung der gelbbraunen Lache zuzusehen.

Wie ein absoluter Trottel steh' ich hier, dachte Rose.

Karin hatte sich derweil erhoben, den Küchenschrank hinter der Kaffeemaschine geöffnet und eine Rolle Küchenkrepp geholt.

Wie eine Königin schritt sie nun auf Rose zu, reichte ihr wortlos die Küchenrolle, drehte sich um, schritt erneut majestätisch zu ihrem Platz, zu Roses Platz, schaute ihre drei Bewundererinnen triumphierend an und starrte dann wieder auf Rose.

Wie ein Hund, der in die Stube gepinkelt hat, stimmt, dachte Rose, und bückte sich, um ihre Arbeit zu verrichten.

„Gott, was hast du für ein mächtiges Hinterteil", hörte sie Mamas Stimme, wie damals, als sie sich gebückt hatte, um Mamas Brille aufzuheben.

Richtiger Pferdehintern, von einem Kaltblüter eben, fügte Rose in Gedanken hinzu.

Das Papier tropfte, als sie das Knäuel in den Kücheneimer warf und dann, ohne die Anwesenden noch einmal anzublicken, zur Tür stampfte, um ihre Arbeit am nussbaumartigen Schreibtisch bis ein Uhr fortzusetzen.

Ohne den Kaffee, den Rose nun schon seit fast fünfzehn Jahren jeden Morgen um diese Zeit gewöhnt war, fiel die Arbeit noch schwerer.

So ein Depp bin ich. Beschäftige mich ein Leben lang mit toten Zahlen, obwohl ich schon in der Schule der absolute Versager in Mathematik war.

Obwohl - mit leblosen Dingen habe ich mich an sich schon gerne beschäftigt. Die Geschichtsstunden beim Dreidreidrei, die hab' ich geliebt. Den mochte außer mir zwar niemand, aber ich denke heute noch an seine Sprüche, an seine vielen Eselsbrücken und lateinischen Zitate. War ein kluger Mann, der. Aber sah halt mickrig aus, so unscheinbar wie mein Vater.

„Birnenmännchen", so hatte Mama ihn immer bei ihrer Cousine genannt, wenn sie dachte, niemand aus der Familie höre zu.

Hat ihn sowieso nur wegen seines Namens geheiratet. Wollte gerne eine „von" sein, aber an dem „von" hing hinten noch der Papa dran. Und der war nicht standesgemäß für die Frau Gymnasiallehrerin. Ich auch nicht, so, wie ich schon als Vierjährige ausgesehen hab'. Aber auch mit den ganzen Diäten hat sie's nicht geschafft, aus mir die kleine Elfe zu machen, die ihr nach ihrer Meinung zugestanden hätte. Nach der Enttäuschung hat sie's bei mir als dem einzigen Kind belassen. Hat ihr gereicht, lachte Rose.

Telefon

Das Telefon. Rose schreckte aus ihren Gedanken.

„Frau von Dorth", Karin betonte das ‚von' deutlich, „ich soll dir von Herrn Sickdorf ausrichten, dass er nicht die Absicht hat, weitere zehn Minuten auf deine Zusammenstellung zu warten. Es gäbe sehr viele in diesem Hause, die liebend gerne deine Arbeit übernehmen würden. Soll ich dir ausrichten."

Kein weiteres Wort. Aufgelegt.

Was will Sickdorf denn von ihr? Eine Kontaktaufnahme ist doch gar nicht vereinbart. Und eine Terminvorgabe von heute, daran kann sich Rose beim besten Willen nicht erinnern. Bin ich denn schon so vergesslich? Rose schüttelte den Kopf.

Also werde ich ihm die Umsatzzahlen von den bisher bearbeiteten Geschäftsbereichen aushändigen, und die zwei noch nicht bearbeiteten nachreichen. Ich tue einfach so, als hätte ich sie nur auf dem Schreibtisch vergessen, nahm sich Rose vor und legte die Ausdrucke in einen Ordner.

Die zwei Treppen zu Sickdorfs Büro eilte sie hinauf. Aufzug lohnte sich dafür nicht.

Nach zweimaligem Klopfen rief Sickdorf „Herein!"

Er stand am Fenster, hatte Rose den Rücken zugewandt.

Audienz

Rose bleibt an der Eingangstür stehen.

Zwei Sekunden können länger als zwei Stunden sein, denkt sie. Unser Deutschlehrer hat das immer Zeitdehnung genannt.

Sie hat wohl ein bisschen vom Treppensteigen gekeucht, denn Sickdorf dreht sich nun, wie es Rose scheint, nach einer kleinen Ewigkeit, um.

„Was führt Sie denn zu mir, Frau von Dorth?

Sie müssen mir ja etwas sehr Wichtiges mitzuteilen haben, wenn Sie sich so abgehetzt haben.

Na, na", er kommt jetzt auf Rose zu, „Sie haben ja auch ein bisschen was die Treppen mit hinauf zu schleppen. Dann wollen wir uns doch mal zusammen hinsetzen", lächelt er und streicht Rose vertraut-väterlich über die Schulter.

Paternalistisches Arschloch, denkt Rose und lächelt zurück, die Augen wie ein wohlerzogenes kleines Mädchen niederschlagend.

Sickdorf weist ihr gnädig einen Platz in seiner Sitzgruppe an.

„Bitte, nehmen Sie doch Platz, Frau von Dorth. Nun?"

Rose hat schon beim Treppensteigen geschwitzt. Jetzt, nachdem sie kapiert hat, wie sie verladen worden ist, laufen ihr die ersten Schweißtropfen von der Stirn. Versinken möchte sie, ganz klein werden, ihren dicken Torso in dem violetten Stuhlkissen verschwinden lassen.

„Frau Schmitz, die neue Telefonistin, hatte mich informiert, dass Sie Papiere von mir erwarten und mich zu sprechen wünschen, Herr Sickdorf."

„Aber, aber, liebe Frau von Dorth, soweit müssten Sie doch unsere betriebliche Hierarchie nach den vielen Jahren inzwischen kennen, dass ich meine Anordnungen nicht über Telefonistinnen auszugeben pflege. Das wäre doch wohl eher eine Aufgabe für die Bereichssekretärin gewesen."

Sickdorf lacht, schüttelt mehrfach den Kopf.

„Na, diese neue Telefonistin scheint ja ein rechter Spaßvogel zu sein. Die hat Sie aber schön hereingelegt! Wobei – so ganz die feine englische Art ist das ja nicht. Aber lustig war's, das müssen Sie zugeben!"

Damit ist Rose wohl entlassen. Sie blickt Sickdorf kurz an, mit einem knappen Nicken bedeutet er ihr aufzustehen.

„Nun nehmen Sie aber um Gottes willen den Aufzug, liebste Frau von Dorth. Sie sollten Ihre sportlichen Betätigungen heute nicht mehr übertreiben."

Er visiert kurz Roses Torso an, sein Blick bleibt auf ihrem Pferdeunterteil hängen.

Aber auch der Fußboden öffnet sich nicht, um Rose, simsalabim, im Untergrund verschwinden zu lassen.

Also stampft sie zur Tür, murmelt im Vorbeigehen „Entschuldigen Sie bitte die Störung, Herr Sickdorf" und verschwindet hinter der Bürotür, die sie vielleicht eine Spur zu laut schließt.

Scheiß drauf, denkt Rose, und trampelt die zwei Treppen hinunter.

Rückweg

Auf dem Weg zum Großraumbüro kam Rose am Glaskasten vom Callcenter vorbei. Karin stand bei Sina, sie schauten zu ihr und lachten sich halb kaputt. Die Tür war nur angelehnt.

„Der Sickdorf hat wirklich Humor, der ist echt nett", hörte sie Sina sagen.

Ich bin so blöd, ich schäm mich auch noch, dachte Rose, als sie sich bei den beiden vorbeidrückte. Bestimmt wussten alle im Büro schon längst von dem „Spaß", wie Karin das vermutlich nannte, und alle würden sie anblicken und sich innerlich über ihre Blödheit und Naivität amüsieren.

Rose blickte zu Boden, wich den Blicken aus, fühlte fünf, zehn Augenpaare auf sich gerichtet. Sie ließ sich auf ihren Bürostuhl fallen und erschrak selbst über den Laut, den dieser gequält von sich gab.

Das dicke Pferd hat sich mit Getöse niedergelassen, dachte Rose und wurde an diesem vermaledeiten Tag zum x-ten Mal rot wie ein junges Mädchen. Aber bei jungen Mädchen sah's wenigstens schön aus.

Gedanken am Schreibtisch

Der Rest des Nachmittags. Leblose Umsatzzahlen, immer neue Reihen, Kombinationen, die ihr eigentlich glatt am Arsch vorbeigehen.

Aber die in der Schule wollten ja mit ihren englischen Geschichten und ihren Geschichten aus der Geschichte nichts zu tun haben. Da war sie eben auch so ein Versager wie hier.

Was für ein Aufruhr bei Mama, als sie damals aus der Schule gekommen war und sie informiert hatte.

„Das kannst du doch nicht tun, was willst du denn machen, du kannst doch sonst gar nichts", hatte Mama entsetzt gerufen und dabei die Hände theatralisch vors Gesicht geschlagen.

In der Rückschau war das einer der besten Momente in Roses Leben gewesen. Ihre Mutter war endlich einmal erschüttert, und das auch noch über Roses Verhalten, vielleicht sogar über ihr weiteres Leben.

Dieser Felsblock, dieser Betonklotz hatte also doch noch einen Rest Gefühle für die missratene Tochter, diese ständige Beleidigung für Mamas Ästhetik.

Rose hatte sich damals zum ersten Mal erwachsen, sogar ein bisschen überlegen gefühlt, den Moment der Niederlage für ihre Mutter genossen. Dass sie selbst einen Entschluss gegen ihre eigenen Interessen gefällt haben könnte, das war ihr damals nicht in den Sinn gekommen. Sie hatte nur einfach weg, endlich weg gewollt.

„Weißt du, wie gemein Kinder sein können?", hatte sie Mama gefragt.

„Natürlich weiß ich das, wenn nicht ich, der ich über zwanzig Jahre im Schuldienst bin. Aber, mein liebes Kind, zum Lehrer-Ärgern gehören immer zwei Seiten. Eine Seite, die ärgert und die andere, die es sich ohne Gegenwehr gefallen lässt. Und da war man bei mir immer an der falschen Adresse, das kann ich dir versichern. Du hast dir eben in die Tasche pinkeln lassen, du hättest einfach mehr Kopf zeigen müssen, aber das konnte dein Vater ja auch nicht."

Was hätte Rose nicht alles entgegnen können auf diesen Einwand?

„So gemein wie du bin ich eben nicht, du hast doch sowieso kein Herz, du bist doch nur an deiner eigenen Machtstellung interessiert, Papa hast du ja auch immer klein gemacht, bis er sich am liebsten aufgelöst hätte, deshalb ist er auch so früh gestorben, oder was glaubst du, warum sein Herz so früh versagt hat, weil du ihm das Herz jeden Tag schwer gemacht hast mit deiner Missachtung, dabei hast du nur seinen adligen Namen gewollt, weil du so hochnäsig bist, mich hast du auch nie geliebt, ich war dir immer zu hässlich, zu schwach, zu dick. ‚Ganz und gar nicht glamourös', hast du immer zu Cousine Doro gesagt."

Aber Rose hatte damals nur geschwiegen.

Mama war jedoch noch lange nicht fertig gewesen.

„Was haben deine Schüler denn Schreckliches mit dir angestellt, dass du nach so wenigen Wochen die Flucht vor ihnen ergriffen hast?"

Rose hatte eigentlich nicht die geringste Lust gehabt, über ihre Schmach zu sprechen.

Mama kannte den Schulleiter aber gut, und wenn sie kein Futter vorgeworfen bekam, würde sie sofort anrufen, sich erkundigen und Rose noch mehr blamieren. Und der Schulleiter, der Polterschnauz, wie ihn alle hinter seinem Rücken nannten, würde am nächsten Morgen natürlich nichts Besseres zu tun haben, als die Story in der ersten großen Pause bei seinen Fans im Lehrerzimmer zum Besten zu geben, der war doch sowieso in der Infantilisierung des Lehrerstandes hängen geblieben.

Einen kleinen Vorwurf einbauen, das war die beste Vorwärtsverteidigung.

„Wenn du mich vielleicht mal in den ersten Wochen gefragt hättest, auch ein bisschen Interesse an meinem Berufsweg gezeigt hättest, ausgeschlossen wäre es ja nicht gewesen, dass du mir nach zwanzig Jahren, wie du gerade betont hast, hättest auch mal ein paar hilfreiche Tipps geben können."

„Deine Vorwürfe kannst du dir sparen, sie tangieren mich nicht, aber du hast auf meine Frage, wie üblich, nicht geantwortet, gnädiges Fräulein!"

Mama hatte sich bei diesen Worten in den Wohnzimmersessel gesetzt und die Beine übereinander geschlagen.

„Ich hab' keine Ruhe in die Kinder reingekriegt. Kann ich einfach nicht. Sie haben jeden Morgen über mich gelacht, sogar im Unterricht, nicht nur auf dem Flur, wenn ich entlang gegangen bin. Und sie haben mir eine Kalorientabelle auf den Schreibtisch gelegt."

„Da hast du wahrscheinlich in deinem chaotischen Denken keine Struktur aufgebaut und dann konntest du nichts vermitteln. Das war auch bei".

An dieser Stelle hatte Mama sich tatsächlich unterbrochen, ihr Redefluss war aber nur für einige Sekunden versiegt:

„Was die Kalorientabelle anbetrifft, da könntest du dich einfach mal an deine eigene Nase fassen, was erwartest du denn von jungen Menschen? Das versteht sich doch von selbst, was die bei ihrem Lehrer für ein Aussehen erwarten! Nun ja, ich kann dich von meinem kleinen Gehalt und dem bisschen Witwenrente von deinem Vater nicht durchschleppen, da musst du dir eben was suchen, wovon du leben kannst."

Wham, bam.
Thank you, M'am.

Flashback

Hatte Rose schon oft gehabt, obwohl sie in ihrem ganzen Leben noch nie einen Joint geraucht hatte.

Mama im Sessel. Auf dem Schoß ihre Katze. Mama hatte sie Daisy getauft, wegen ihrer Affinität zur englischen Sprache. Daisy schnurrte so laut, dass Rose, die bestimmt zwei Meter von Mama entfernt stand, die Wohllaute noch hören konnte.

Mama streichelte Daisys wunderschönes seidiges Fell, kraulte sie hinter den Ohren, in regelmäßigen Abständen beugte sie sich hinunter, um Daisy einen Kuss auf ihren wohlgeformten schlanken Kopf zu hauchen.

Rose war damals noch ein kleines Mädchen gewesen, nicht älter als fünf, sechs Jahre. Sie wollte auf Mamas Schoß sitzen, Mama sollte mit ihr schmusen, sie küssen, Rose wollte sich an sie kuscheln. Sie hatte sich zu Mamas Füßen gesetzt und ihr Bein mit ihren Händen umklammert, ihren Kopf an Mamas Wade gedrückt. Ganz kurz hatte Mama Rose so verharren lassen, dann hatte sie gesagt: „Kind, warum um alles in der Welt sitzt du denn auf dem Boden? Jetzt steh' schon auf, mein Bein schläft mir ja ein."

Danach hatte Rose es nicht mehr versucht.

Papa war immer nur still gewesen, hatte sich verkrochen, ihr ab und zu über den Kopf gestrichen, sie angeschaut und ihr zugelächelt. Das Schmusen hatte er wohl verlernt.

Hanne

Als Hanne plötzlich neben ihr stand, merkte Rose erst, wie weit ihre Gedanken gewandert waren.

Hanne hatte die Hände gefaltet, sie trat von einem Fuß auf den andern, ihr Mund stand wie immer etwas offen und vermittelte dem Betrachter das stupide Image, unter dem Hanne zu leiden hatte. Sie schaute noch unglücklicher drein als sonst.

Rose blickte sie von unten an.

„Willst du etwas mit mir besprechen, Hanne?"

Hanne nickte, wortlos.

Dann flüsterte sie: „Komm' um halb vier runter in den Frühstücksraum."

Sie blickte sich im Großraumbüro nach allen Seiten um, dann machte sie kehrt und eilte zurück zu ihrem eigenen Schreibtisch.

Vielleicht überlegt sie, die Seiten zu wechseln, möglicherweise könnte ich einen Alliierten gegen die sich zusammenbrauende Übermacht gewinnen, sinnierte Rose und empfand zum ersten Mal an diesem hundsgemeinen Tag so etwas wie Freude.

So furchtbar ist die Arbeit hier ja gar nicht, und ich kann auch ganz gut von meinem Geld leben. Vielleicht bin ich einfach zu empfindlich. Rose nahm sich vor, das zu ändern.

Im Frühstücksraum

Der Frühstücksraum war schon fast dunkel. Falls Hanne hier irgendwo war - sie hatte kein Licht angemacht.

„Lass das Licht aus, sie sollen uns nicht sehen. Ich sitze hier hinten!"

„Total albern find' ich das, aber des Menschen Wille ist sein Himmelreich", murmelte Rose und tastete sich in Hannes Richtung.

Hanne zog sie am Arm.

„Setz dich. Ich muss dir was erzählen. Aber versprich mir, dass es unter uns bleibt, sonst bin ich verloren."

„Also Hanne, hat dich der wilde Watz gebissen oder warum benimmst du dich so komisch?", entgegnete Rose.

„Du hast einfach keine Ahnung. Die zwei machen mobil, und wenn ich nicht aufpasse, bin ich das nächste Opfer, da kannst du dich drauf verlassen."

„Wovon sprichst du eigentlich, Hanne?"

„Heute Morgen, das war der Anfang. Sie wollen einen richtigen Feldzug gegen dich starten. Und zu mir haben sie gesagt: „Hanne, wer nicht für uns ist, der ist gegen uns, das merk' dir. Den Sickdorf, den haben sie auch schon rumgekriegt. Der hat dich sogar schon bei der Möller angeschwärzt. Die Sina, ich verrat's dir, aber nur unter dem Siegel der Verschwiegenheit, die hat schon öfter über dich gelästert. Aber seit die Karin in der Firma ist, da haben die beiden sich richtig gegen dich verschworen. Du wärst eine eingebildete Zicke, würdest dir auf dein ‚von' was einbilden und auch auf dein Abitur und Studium, so, als ob du was Besseres wärst. Sie haben im Glaskasten am Schrank das Betriebsfoto aufgehängt, und die Karin, die wirft immer auf dich in der Mittagspause, und dann lachen sie alle. Die Karin ist immer besonders kiebig. Ich wollt's dir nur erklären, warum ich ab jetzt nicht mehr bei dir sitzen kann und warum ich auch nicht mehr mit dir sprechen werde. Die Griet, die hat ihren Platz genau neben meinem Schreibtisch und die ist dick befreundet mit der Sina, deshalb ist die wichtiger für mich als du, Rose. So, jetzt hab' ich's dir gesagt, und hoffentlich bist du mir nicht böse."

Mit diesen Worten stand Hanne abrupt auf, lief eiligst zur Tür und ließ Rose im Dunkel zurück.

Erst grinste Rose, dann lachte sie.

Herrlich, da geht's doch einem in der Firma noch schlechter als mir!

Immerhin. Mitleid gibt's umsonst, Neid muss man sich verdienen. Rose lachte glucksend weiter, die Tränen liefen ihr die dicken Backen herunter. Es geht immer noch ein bisschen was, auch wenn man sich selbst schon am untersten Unglückslevel angekommen wähnt. Selbst die dumme Hanne, meine Hackordnungsnachbarin, kann mich noch verlassen.

Chapeau. Rose verneigte sich vor einem imaginären Publikum. Gerade eben hat sich das Dream-Team von Dick und Doof von Ihnen verabschiedet.

Das Wochenende wirft seinen Schatten voraus

Rose tastete sich zum Ausgang und stampfte für die letzte Stunde der Arbeitswoche die zwei Treppen hinauf.

Zurück an ihrem Schreibtisch, hörte sie Gesprächsfetzen von Griet, zwei Schreibtische vor ihr.

„…freuen uns so auf heut' Abend. Sina und Jo kommen auch mit. Das wird bestimmt `ne ganz tolle Party."

Tolle Party wird's bestimmt auch bei mir zuhause, dachte Rose. Fräulein Kätzchen wartet schon auf mich, vielleicht hat sie mir wieder ein Geschenk hingelegt, und Mama wartet auch schon. `Nen Mann hab' ich zwar nicht, aber immerhin 'ne Katze zum Schmusen und `ne Mutter am Nagel. Ach ja, den sensationellen Fernseher, den hätt' ich doch bald vergessen!

Rose schloss ihren Computer, legte alle Blätter in die oberste Schreibtischschublade, wartete auf das Vorrücken des großen Zeigers der Büro-Uhr und verließ, ohne sich an dem üblichen „Tschüs", „Schönes Wochenende!", Küsschen links und rechts, zu beteiligen, eilig und ohne irgendjemanden anzuschauen, das Büro.

Heim

Regen, Straßenbahn, Pfützen.

Siebenundzwanzig Minuten, wenn sie die erste Bahn gleich erwischt.

Sieben Stockwerke, vierzehn Mietparteien, sechs Treppen. In der zweiten Etage, nach zwei Treppen oder einer viertel Minute Fahrstuhl, wohnt Rose.

An der Wohnungstür hängt das Porzellantürschild aus Mamas Nachlass. Ein Geschenk von Cousine Doro. Mit Katzenmotiv.

Rose hat „Familie" überklebt und „Rose" auf den Papieraufkleber geschrieben. Hier wohnt Rose von Dorth.

Zuhause

Endlich allein, dachte Rose, als sie die Wohnungstür hinter sich ins Schloss zog.

Fräulein Kätzchen von Dorth saß im Vorraum. Sie blickte Rose mit ihren schönen Augen an. Rose bückte sich und strich ihr über den Kopf. Kätzchen rührte sich nicht, ließ die Liebkosung ohne Reaktion über sich ergehen.

„Hast du wieder was zum Spielen mitgebracht?", fragte Rose.

Sie öffnete schnell die Zwischentür, schloss sie eilig und trat ins Wohnzimmer.

Sie liebte diesen Moment des Wochenendes. Zwei Tage niemandem begegnen, außer Mama am Nagel und Fräulein Kätzchen von Dorth.

Rose legte ihren Mantel über den Stuhl, ließ sich auf das Sofa fallen und begegnete Mamas missbilligenden Blick.

„So wie sie aussieht", hatte Mama zu Cousine Doro bemerkt, „wird sie wohl nie einen Mann kriegen".

Rose griff nach ihrer Handtasche und schleuderte sie in Richtung des Mamabilds. Die Tasche fiel zu Boden, Mama blieb am Nagel hängen und lächelte wie immer. Kalt und überlegen.

Zum Spielen

Vom Vorraum hörte Rose plötzlich ein Kreischen, einen hohen Ton, wie von einem kleinen Kind in Not. Rose blieb sitzen. Den Ton kannte sie bereits. Beim Heimkommen war Fräulein Kätzchen schon so verdächtig ruhig gewesen. Wahrscheinlich war das kleine Wesen, das sie sich zum Spielen und Töten mitgebracht hatte, in seiner Not zunächst unter die Kommode entkommen. Rose würde warten, bis Kätzchen ihr Werk vollendet hatte. Die nahm sich mit dem Töten meistens Zeit, zögerte den Tod hinaus, ließ Vogel oder Maus ein paar Mal scheinbar entkommen, biss erst endgültig den Hals durch, wenn sie selbst genug Freude gehabt hatte.

Roses Blick fiel auf die andere Katze, auf Daisy, die dritte, die auf einem kleinen Brett neben Mama an der Wand saß.

„Na, wie gefällt's dir da oben? Würdest wohl gerne mit Mama schmusen, geht aber nicht mehr, ihr seid nämlich beide mausemausetot, mein Schatz!"

Ein erneutes Kreischen aus dem Vorflur.

Rose erinnerte sich an Mamas letzte Stunden im Krankenhaus. Da hatte Mama auch so geschrien. Sie hatte erbrochen, war ganz weiß geworden und dann hatte der Kreislauf versagt. Keiner wusste, warum sie so plötzlich erkrankt war und nach einem Tag gestorben war, wo sie doch immer so ein Ausbund von Gesundheit und immer so stolz darauf gewesen war. Die Ärzte konnten sich Mamas Tod einfach nicht erklären. Rose hatte bis zum Schluss bei ihr gesessen, Cousine Doro hatte nicht kommen wollen. „Krankenhäuser erinnern mich immer an meinen eigenen Tod", hatte sie gesagt und Mama von Rose alles Gute wünschen lassen.

Als Mama gestorben war, hatte Rose ihr die Augen geschlossen und sich gefreut. Der überlegene Blick würde nun für immer aus ihrem Leben verschwinden.

Kurze Zeit später hatte Daisy dasselbe Schicksal wie ihre Herrin ereilt. Rose hatte sie noch zum Tierarzt gebracht, aber der hatte nicht helfen können. Der Doktor hatte Daisy eingeschläfert, „Sie soll doch nicht weiter leiden", hatte er gesagt. Vom Tierpräparator war sie ausgestopft worden und Rose hatte sie auf das Brettchen gesetzt.

„Das, was dir am liebsten auf Erden war, stell' ich dir an die Seite, Mama. Da kannst du immer mal auf was Schönes gucken, wenn dir mein Anblick auf dem Sofa zu viel wird, gell?", hatte Rose zu Mama gesagt und sie an der Wand aufgehängt, rechts neben ihrem Liebling.

Nach dem dritten Schreien wartete Rose noch etwas. Als sie dann nichts mehr hörte und Fräulein Kätzchen kurz miaute, öffnete sie die Wohnzimmertür.

Kätzchen hatte der Maus den Hals durchgebissen. Ansonsten war die Maus völlig unversehrt. Fräulein Kätzchen fraß keine Mäuse, das Futter, welches Rose für sie kaufte, war viel leckerer, das war klar.

„Du bist so eine Killerin."

Rose beugte sich herunter, nahm Fräulein Kätzchen auf den Arm und setzte sie auf das Sofa.

Mit Küchenkrepp und Plastiktüte bewaffnet nahm sie die Maus mit spitzen Fingern auf und entsorgte sie in den Mülleimer der Küche.

Rose nahm neben Kätzchen Platz, streichelte ihr seidiges Fell, was Kätzchen mit wohlgefälligem Schnurren beantwortete.

Rose schaltete den Fernseher ein. Discovery-Channel. Giftige Tiere auf dem australischen Kontinent. Rose nahm ein Kissen vom Sofa und bettete Kätzchen oben drauf.

Träumen

Mama sitzt auf dem Sofa und bürstet Daisys schönes dunkles Fell. Rose sitzt neben ihnen. Sie reicht Mama einen Kamm und eine goldene Bürste. Mama wirft beides auf den Boden, zieht aus ihrer Bluse eine Schere und schneidet Roses Haar über den Ohren ab. Rose springt auf, sie will weglaufen, aber Mama hält sie an den Schultern fest, dreht sie und schaut sie von allen Seiten an, sie lacht.

Rose war kurz eingenickt. Ihr war heiß, ihre Stirn war schweißnass. Kätzchen lag auf ihrem Schoß. Rose kraulte sie unter dem Bauch, spürte die kleine Narbe von der Kastration. Sie fuhr mit der Hand darüber.

„Wirst auch nie Kinder haben, Kätzchen, bist du traurig? Wirst nie einen Kater haben, der dich umwirbt und heiße Liebesnächte mit dir verbringt. Hast stattdessen ein dickes, ganz dickes Bäuchlein. Kein Hochs, kein Tiefs, kannst nur fressen! Kätzchen legte sich etwas zur Seite, streckte die Beine aus. Das Streicheln und die leisen Worte gefielen ihr wohl zu gut. Lange würde sie jedoch nicht mehr bleiben. Sie würde gleich die Katzenklappe benutzen, Rose in der dunklen, lautlosen Wohnung zurücklassen.

Rose drehte die Lautstärke des Fernsehers hoch.

Party, Fernsehparty.

Maite Kelly tanzt.

Rose

Am Samstag lebt Rose, Rose in der englischen Aussprache, in der Wohnung. Rose ist anders als Rose. Sie hat langes, dunkles, seidiges Haar. Sie kleidet sich auffallend. Heute hat sie einen Tulpenrock und hochhackige Pumps gewählt. Sie trägt ein Paillettenshirt, obwohl es noch früh am Morgen ist. Als Rose sich heute Morgen im Spiegel betrachtet und begrüßt hat, fand sie sich glamourös.

Es ist dunkel in der Wohnung, die Rollläden sind heruntergelassen. Die Räume duften schwer nach Vanille, Rose hat überall Duftkerzen und Duftstäbchen deponiert. Jeden Donnerstag kauft Rose für Rose ein: Vor allem Aufbackbrötchen und Aprikosenmarmelade. Rose liebt Aprikosenmarmelade, seit sie einmal in der Wachau gewesen ist.

Sie hat den Backofen schon aufgeheizt, 180 Grad, sagt die Anleitung auf der Packung. Aber das weiß sie sowieso, jeden Samstag macht sie das, immer auf die gleiche Weise.

Der Frühstückstisch ist gedeckt. Zwei Brötchen, wenn es ihr sehr gut schmeckt, drei, isst Rose samstags.

Als sie heute in den Kühlschrank schaut, findet sie die Brötchen nicht. Rose hat vergessen sie zu kaufen. Rose ist unendlich wütend auf Rose. Miststück, kann sich die ganze Woche auf diese eine Kleinigkeit vorbereiten und ist zu blöd, diese Winzigkeit zu schaffen.

Rose kann keine Brötchen holen, sie wird auf die Brötchen verzichten.

Rose hört ein Miauen aus dem Vorraum. Das muss Dolly sein. Mit Dolly spielt sie das Mamaspiel, wenn Dolly dazu aufgelegt ist.

Dolly schaut Rose an. Sie will schmusen, sie hat die ganze Nacht keinen Kontakt mit Rose gehabt. Rose zieht im Badezimmer einen Bademantel an, geht ins Wohnzimmer zurück, setzt sich auf das Sofa und lockt Dolly. Sie winkt mit der Hand, lädt Dolly ein. "Komm zu Mama, Schatz!" Dolly sitzt vor dem Sofa, sie traut sich nicht so recht, aber Rose wirbt weiter um sie. Endlich springt Dolly auf Rose's Schoß, fängt an zu treteln. Dolly denkt sicher an ihre Mama, an Mamas Fell und Mamas Zitzen. Sie schließt die Augen, dann legt sie sich auf Rose's Schoß. Sie rollt sich wie ein Baby zur Seite und beginnt zu schnurren.

Rose schließt die Augen. Sie bewegt sich nicht, sie würde gerne das einzige Kinderlied summen, das sie kennt, von Schumann ist es, aber sie weiß, dass Dolly dann wegspringen wird. So bleibt sie stumm und bewegungslos.

Eine viertel, eine halbe Stunde sitzen sie so, und Rose hat die Brötchen ganz vergessen.

Da hören sie den Postboten die Treppe heraufsteigen – er kommt immer um dieselbe Zeit – und Dolly rennt davon. In Rose's Briefkasten wirft der Postbote nichts.

Rose schaut vom Sofa auf das Gemälde. Das ist Mama. Aber Rose hat Mama eigentlich nur einmal gesprochen. Das war damals in England. Da war sie mit Mama hingefahren. Mama hatte sie in ein schwarzes Mäntelchen gekleidet, das sie vorteilhaft kleidete, wie Mama jedem sagte, den sie auf der Fähre getroffen hatten, und dann hatte sie Rose als Rose of Dorth vorgestellt und sich selbst als Iris of Dorth und jedem erzählt, sie fahre mit ihrer Tochter nach Essex, in den Ort Dorth, denn der habe etwas mit ihrer und des Kindes Herkunft zu tun. So sehr Rose schon darüber gegrübelt hat – es ist ihr kein einziges Mal mehr eingefallen, wo Mama sie als ihr Mädchen, ihre Rose irgendwo mit hingenommen hätte oder mit ihrer Rose gespielt und getollt hätte, und so ist die Frau auf dem Gemälde für Rose eigentlich eine fremde Frau.

Sie schaltet den Fernseher an. Sie wird sich eine Suppe heiß machen. Fürs Frühstück ist es zu spät.

Wie Roses Sonntag verläuft

Rose hatte einigermaßen geschlafen. Schade, dass sie am Donnerstag die Brötchen vergessen hatte. Sie würde Haferflocken und Fruchtjoghurt essen.

Seit dem Aufstehen horchte sie auf Kätzchen. Rose hatte schon die Knabberlis und die Körnerchen bereit gelegt, Kätzchen würde beides genüsslich fressen, auf Roses Schoß springen. Das Sonntagsmorgenschmusen mit Fräulein Kätzchen gehörte zu Roses Highlights am Wochenende.

Was Mama am meisten geliebt hat

„Doro, du kannst dir nicht vorstellen, wie wichtig meine Daisy für mich ist. Schau mal, wie schön sie ist! Ja, und sie widerspricht auch nicht, gell, mein Schatzelchen, und sie verlangt auch nicht dauernd Aufmerksamkeit. Wenn ich mal keine Zeit für sie habe, geh' ich einfach weiter. Dann geht sie auch und schläft irgendwo oder läuft raus. Wenn du Rose mal enttäuschst oder sie fühlt sich beleidigt, nimmt sie's übel bis in alle Ewigkeit. Und bei ihr weißt du nie, was sie denkt oder fühlt. Und sie bildet sich vieles ein, was gar nicht so ist, hat sie schon als ganz kleines Mädchen gemacht. Wenn ich meine Daisy streichle und ihr gefällt's, fängt sie nach drei Sekunden an zu schnurren, hörst du's? Und dann weiß ich Bescheid. Und wenn's ihr zum Platzen gut gefällt, rollt sie sich auf den Rücken und streckt die Beine in die Höhe. Dann soll ich sie am Bauch kraulen. Hat Erich übrigens nie gemacht."

Danach hatten Cousine Doro und Mama lange gelacht, und Rose, die hinter der geöffneten Tür gelauscht hatte, war schnell weg gegangen.

Vorbereitung auf Montag

Elf Uhr. Kätzchen war sonst meist früher da. Rose deckte den Tisch ab und begann die Wohnung aufzuräumen.

Noch eine halbe Stunde bis zwölf. Im Schlafzimmer legte Rose die Kleidung für Montag heraus. Erst die blaue Hose und den grauen Pullover mit dem Wasserfallkragen; dann verwarf sie das Outfit, verstaute es wieder im Schrank. Den grauen Rock und die blaue Strickjacke mit dem eingenähten weißen T-Shirt legte sie auf die Kommode.

Mama hatte immer passenden Schmuck getragen. Rose fand Schmuck überflüssig und unnötig auffallend. Aber die Schuhe, die sollten schon farblich zur Kleidung passen. Neben den Rock stellte sie die schwarzen, halbhohen Pumps, die Cousine Doro ihr vererbt hatte. „Cousine Doro kauft und wählt immer nur das Beste und Exquisiteste", hatte Mama ständig gesagt. Und Rose hatte jedes Mal in Gedanken hinzugefügt: „Da hat sie wohl deshalb keinen Mann abbekommen."

Wenn es heute Abend vorüber war, würde Rose sich duschen. Machte sie immer so. Ohren mit Stäbchen reinigen, die Fingernägel kurz schneiden, die Haarpackung gegen fettiges Haar, das Mittagsbrot schmieren, da reichte die Zeit am Montagmorgen, wenn sie die Wohnung wieder verlassen musste, nicht.

Ab zehn vor zwölf

Um zehn vor zwölf setzte sich Rose auf das Sofa. Sie legte ein Gästetuch auf die Lehne. Warum heißt das Gästetuch, wenn manche Menschen doch eigentlich nie Gäste haben, sinnierte Rose. Sie wartete.

Bis zwanzig nach zwölf dauerte es dieses Mal. Rose wurde kurz schwarz vor Augen, sie fing heftig an zu zittern, dann brach ihr der Schweiß aus und lief in Strömen über das Gesicht. Rose begann zu keuchen und bedeckte mit der Hand ihr Herz. Mamas Mund wurde groß, riesengroß, kam auf Rose zu, um sich, am Kopf beginnend, über ihren Körper zu stülpen. Rose entschlüpfte dem Mund in letzter Sekunde und saß nun an der anderen Seite des Sofas.

„Vorüber, ach vorüber, geh' wilder Knochenmann." Mama hatte das Schubert-Lied manchmal gesungen und sich selbst am Klavier begleitet. Mit dem Gästetuch wischte Rose den Schweiß ab.

Ab zwanzig nach drei

Um zwanzig nach drei überfiel Rose für einen Moment erneut Blindheit, dann kurzzeitiger Gedankenverlust. Als nächstes Frösteln, regelmäßig wiederkehrend. Nach fünf Frostschauern verschwanden die Möbel und Rose befand sich, für einen Moment schwebend, über einer großen dunklen Grube. Sie klammerte sich an die Sofalehne. Ganz langsam schloss sich der Grubenschlund wieder. Rose wickelte sich in die braune Sofadecke, die neben der Lehne griffbereit lag.

Kurz nach fünf wachte Rose auf. Tatsächlich eingenickt. Sie wickelte sich aus der Decke, nahm den Tischläufer vom Couchtisch und verhängte Mama damit, ging zum Kühlschrank in der Küche und aß den letzten Joghurt, mit Haferflocken. Sie lächelte, als sie das kleine Fläschchen hinter dem Büchsenmilchkännchen entdeckte.

Noch war es nicht vorüber. Ein bisschen geht noch, lächelte Rose, das wusste sie. Schon beim ersten Mal, am letzten Tag ihres Sommerurlaubs dieses Jahr, war es so abgelaufen wie in den Wochen danach. Immer drei Schübe, so nannte Rose das. Sie ging für den dritten Schub immer ins Bett. Den Bademantel ließ sie noch an. Wenn alles vorüber sein würde, vor dem Duschen, würde sie sich ja ohnehin ausziehen müssen.

Sieben

Roses Herz setzte aus, sie war wieder blind. Für eine Sekunde, für fünf? Das Bett begann sich zu drehen, dann rotierte Rose selbst. Sie wollte aufstehen, im Badezimmer der Übelkeit nachgeben, aber die heftigen Drehbewegungen erlaubten es nicht. Rose hielt die Augen nun geschlossen. Die Schranktüren öffneten sich, dann die Zwischentür, dann flog die Wohnungstür auf, ein kräftiger Luftzug ließ alle Fenster aufspringen. Von dem heftigen Wind erfasst, wurde Rose zur Wohnungstür hinausgewirbelt, völlig nackt. Vor der Haustür ließ der Wind sie wie ein schweres Möbelstück herabfallen. Polterschnauz und Karin standen vor der Tür und lachten die im Schmutz liegende Rose aus.

Abend

Es war halb acht, als Rose aus dem Bett aufstand, um sich abzuduschen. Sie hoffte auf einen einigermaßen geruhsamen Schlaf, damit sie die Kraft fände, die Wohnung am Morgen zu verlassen.

Nacht

Nach kurzem Schlaf wachte Rose auf. Erst ein Uhr. Vielleicht hatte Kätzchen vor der Zwischentür miaut?

Der Flur war leer. Das Schüsselchen mit Milch, das Rose am Samstagabend vor dem Zubettgehen für Kätzchen hingestellt hatte, war unangerührt. Sah Kätzchen nicht ähnlich, draußen herum zu stromern, wenn es nachts kalt war. Einen Moment wollte Rose warten. Oft hatte sie das Gefühl gehabt, dass Kätzchen draußen merkte, wenn sie aufstand. Meistens war sie nach kurzer Zeit immer wie ein kleiner Geist aufgetaucht.

Im Fernsehen im Wohnzimmer Late Night Movies. Drei Kanäle schaltete Rose durch, immer der gleiche Mist. Liebesfilme, Schmacht. Rose knipste den Fernseher aus und legte sich ins Bett. Die Türen ließ sie offen, dann konnte sie Kätzchen zurückkehren hören.

Um halb sieben läutete der Wecker. Kätzchen lag nicht auf Roses Bett. Sie hatte sich die Gelegenheit entgehen lassen, wahrscheinlich war sie immer noch nicht da. Rose stand schnell auf, um nachzusehen. Auf dem Wohnzimmersofa kein Kätzchen, das Körbchen leer. Schatzelchen, lockte Rose, komm zur Katzenmama, Schatzelchen!

Nein, Kätzchen war nicht da.

Montag

Montags morgens hatte Rose nie Hunger. War also nicht schlimm, dass sie außer einem gekochten Ei und zwei Tomaten nichts mehr im Kühlschrank hatte. Statt Frühstück schluckte Rose montags morgens immer zwei kleine Helfer. Sonst kam sie oft ohne aus, war ja auch schwer genug, dran zu kommen. Fünfzehn Minuten dauerte es üblicherweise, bis die Wirkung kam. Weiche, sanfte Welle, wenn man es nicht wieder über einen zu langen Zeitraum eingenommen hatte. Als sich Roses Verkrampfung und Angst nach etwa zwanzig Minuten besserten, zog sie den Mantel an, befreite Mama von dem Tischläufer. Wir wollen der lieben Mama doch nicht ersparen, den ganzen lieben langen Tag allein in Roses Wohnung und still, still und ganz, ganz einsam zu sein. Ohne Doro und nur zusammen mit der mausetoten Daisy, die aber leider, leider keinen Piep und keinen Papp mehr sagen kann.

Bevor Rose die Wohnungstür aufschloss, atmete sie drei Mal tief durch. Sie schloss die Augen, zählte langsam bis fünf, die Zahl hatte der Doktor ihr empfohlen. Es würde schon gehen, sie musste sich einfach nur zusammenreißen.

Hab's doch geschafft, lobte sich Rose selbst, als sie die Wohnung von außen verschloss.

Draußen vor der Tür

Ans Treppenhausfenster bladdert der Regen.

Rose nimmt vorsorglich den Regenschirm aus der Handtasche. Wird sie auf dem Weg zur S-Bahn-Station brauchen, auch wenn es nur wenige Minuten Fußweg dorthin sind.

Die Haustür zu öffnen, ist für Rose nicht so schwer wie das Hinaustreten aus ihrer eigenen Wohnung. Wenn sie die erste Hürde geschafft hat, nimmt sie die nächste etwas leichter.

Die Haustür ist nicht verschlossen. Rose öffnet sie und stapft sofort in eine Pfütze.

Rechts neben der Haustür liegt Kätzchen. Ihr Fell ist triefnass, sie liegt auf der Seite. So hat sie sich oft im Körbchen oder auf dem Sofa hingerollt. Kätzchens Augen sind geöffnet, sie sieht aus, als ob sie mit offenen Augen schläft. Aber Kätzchen ist tot.

Rose steht neben ihr, lange. Der Regen prasselt auf Roses Haare, ihren Mantel. Sie hat vergessen, ihren Schirm zu öffnen. Rose nimmt Kätzchen auf den Arm und legt sie unter den dichten Cottoneaster, der an der Seite des Hauseingangs wuchert.

Sie biegt die Zweige ein wenig, so dass Kätzchen bedeckt ist. Ich kann nicht bei dir bleiben, aber ich komme heute Abend, wenn es dunkel ist, zu dir, mein Liebling.

Roses Gesicht ist ganz nass, sie spannt den Regenschirm auf und geht zum Bahnhof.

Beim Einsteigen sieht Rose Karin, einen halben Meter vor sich in der Schlange. Was macht Karin hier, sie wohnt doch in einem ganz anderen Stadtteil und ist noch nie morgens oder auch abends hier ein- oder ausgestiegen?

An der nächsten Station verlassen die meisten Fahrgäste die Bahn. Rose auch. Sie setzt sich auf eine freie Wartebank. Karin steht Rose jetzt fast gegenüber, hat sie entdeckt. Sie schaut Rose an, grüßt nicht, nickt nicht, setzt sich nicht neben sie, sondern starrt nur. Rose schaut zurück, starrt zurück, bis Karin die Augen niederschlägt.

Beim Warten auf die Straßenbahn steht Karin direkt vor ihr in der Schlange.

Rose blickt intensiv auf Karins Hinterkopf, ihre langen seidigen Haare, schön wie Daisys seidiges Fell. Doch, sie wird sich schon umdrehen. Rose hat das Umdrehspiel schon oft in der Stadt ausprobiert, hat fast immer funktioniert.

Karin wendet sich tatsächlich um, schaut auf Roses pudelnasse Haare und ihren durchnässten Mantel, lächelt, blickt noch einmal langsam von Roses Haaren hinunter bis zu ihren Schuhen, schüttelt den Kopf und dreht sich dann wortlos um.

In der Straßenbahn ist nur noch ein Platz frei, ein junger Mann sitzt auf dem Platz einer Zweierbank am Fenster. Karin okkupiert den freien Platz, während Rose eilig in den vorderen Teil des Waggons flieht. Bald hört Rose Karin laut lachen.

Im Büro

Zahlenkolonnen. Rose hält den Blick gesenkt.

„Also, Sina hatte ganz schön geladen, und dann ist sie ja immer recht offenherzig, für Jos Geschmack wohl etwas zu offenherzig, denn der hat die Party um elf schon verlassen, weil Sina den Gastgeber so angebaggert hat", erzählt Griet. „Übrigens, hast du das von Sickdorf und Karin auch gehört? Ich dachte, die wär schon liiert. Hat sie letzte Woche wenigstens erzählt. Wär'n Lehrer, hat sie angegeben. Na ja, da war die Liaison ja anscheinend nicht von so langer Dauer", lacht Griet und geht wieder zu ihrem Schreibtisch.

An Roses Schreibtisch kommt nie jemand. Was sollte sie auch erzählen, von ihrem Wochenende? Dass das einzige Wesen, das von ihr geliebt wird und diese Liebe erwidert hat, tot und platschnass unter dem Cottoneaster liegt? Dass sogar der Postbote einen Bogen um ihre Wohnung macht? Dass das Telefon niemals klingelt?

Rose geht um 9.27 hinunter in den Frühstückraum. Sie nimmt sich schnell eine Tasse Cappuccino und setzt sich in die hintere linke Ecke an der Wand, dennoch in Hörweite zu ihrem ehemals angestammten Platz. Sie will hören, was Karin erzählt.

Hanne darf tatsächlich mal mitreden. „Nee, ich war nicht aus, hab' aber trotzdem was Schönes gemacht. Die Hündin von meinem Vermieter hat einen Wurf Junge, total süß, und ich hab am Wochenende die Hunde versorgt, weil er verreisen musste und mich drum gebeten hat. Konnt' ich ja auch schlecht abschlagen, man muss sich ja mit seinem Vermieter immer gut halten. Aber das war echt schön."

„Hunde gehen ja noch", unterbricht Karin, „aber Katzen zum Beispiel kann ich überhaupt nicht leiden. Mein Vater hat auch schon Katzen gehasst, der hat immer mit Steinen nach ihnen geworfen und sie von unserem Grundstück verscheucht."

Das Gespräch wird leiser, Griet und Karin stecken die Köpfe zusammen und Rose sieht, wie beide in ihre Richtung schauen und dann lachen.

Karin steht auf, spült unter dem Wasserhahn ihre Karinkaffeetasse ab, schüttelt die Wassertropfen kurz über dem Spülbecken ab und stellt sie auf ihren, auf Roses Platz. Rose wartet, bis alle gegangen sind, dann eilt sie hinauf zu ihrem Schreibtisch.

Am Nachmittag hört der Regen auf. Kätzchen wird jetzt nicht mehr nass. Aber ihr Fell kann nicht so schnell abtrocknen, unter dem Cottoneaster. Arbeit hat manchmal auch was Gutes, denkt Rose, heute zum Beispiel.

Rose hört pünktlich auf. Es hält sie niemals jemand auf.

Karin ist auch schon auf dem Weg, aber sie schlägt eine entgegengesetzte Richtung ein.

Zurück im Mietshaus

Es ist schon dunkel, als Rose das Mietshaus erreicht. Unter dem Cottoneaster findet sie Kätzchen nicht. Sie biegt die Zweige weit auseinander, sie schaut die ganze Hausseite des Eingangs entlang, aber Kätzchens Leiche ist verschwunden. Im Flur schaut Rose nach den Müllabfuhrterminen. Der Biomüll war heute.

Als Rose hinter ihrer Zwischentür verschwunden ist, fängt sie an zu lachen. Ein bisschen geht immer noch, flüstert sie und dabei laufen die Tränen ihre dicken Backen hinunter.

Hallo Mama

Hallo, Mama, sagt sie. War's langweilig heut'? Freu dich, heut' Abend wirst du entschädigt. Einen ganz kleinen Augenblick nur, dann kommt die dicke Rose und verrät dir ein Geheimnis.

Rose zieht ihren Mantel aus, legt ihre Handtasche aufs Sofa und geht zum Kühlschrank. Hinter dem Büchsenmilchkännchen zieht sie das kleine Fläschchen hervor. Sie stellt es auf den Couchtisch, vor das Sofa und Mama. Aus dem Wohnzimmerschrank holt sie ein Fotoalbum. Auf der letzten Seite hat sie den Abzug vom Betriebsfoto eingesteckt. Sie nimmt es heraus, holt eine Schere aus Mamas Nähkasten und schneidet die elegante Karin heraus. Sie entnimmt eine Stecknadel aus Mamas Nadelkissen und bringt Karin vorsichtig auf Mamas Holzrahmen an. Ganz langsam treibt sie die Nadel durch Karins Kopf, bis ihr Porträt fest am Rahmen hängt.

Rose stellt sich vor Mama, vor Karin, schaut beide an.

Hat das kleine Karinmutzelputzelchen Angst? Hatte Kätzchen Angst?

44

Wie hast du es gemacht, du Hexe?

Hatte deine Rose Angst, als du sie gequält hast? Aber zum Ärgern gehören zwei, einer der ärgert, und einer der sich's gefallen lässt. Stimmt's, Mamalein?, flüstert Rose.

Rose richtet sich auf, wie im Theater hebt sie den rechten Arm, grüßt Mama und Karin, mit der linken Hand zeigt sie den beiden das Fläschchen, einmal nach links, für Karin, einmal nach rechts, für Mama.

„Seht her, ein Zauberelixier!
Ein Tröpfchen für Mama,
ein Tröpfchen für Daisy,
ein Tröpfchen für Karin!
Sein oder Nichtsein,
das ist
meine Frage!",

deklamiert Rose mit männlich-tiefer Stimme.

Sie geht zum Sofa, das Sofa jault unter ihrem Gewicht und Rose lacht, bis ihr die Tränen wieder die Backen herunter laufen.

Ab Dienstag

Karin steigt nicht in der Bahn ein. Sie wohnt ja, soweit bekannt, im Westen, denkt Rose. Im Seitenfach ihrer Handtasche hat sie ein bisschen von dem Zauberelixier verstaut, schön homöopathisch verdünnt. Auch eine Pipette.

Rose erinnert sich an Fräulein Kätzchen. Wie sie oft abends ein Mäuschen zum Spielen mitgebracht hat. Und wenn sie genug vom Spielen hatte, hat sie das arme Mäuschen getötet. Eiskalt, wie eine Killerin. Und dann hat sie miaut, Rose hat die Tür geöffnet und Kätzchen schaute Rose wie ein Unschuldslamm an, sprang auf Roses Schoß und schnurrte, glücklich vom Schmusen.

Um 9.26 geht Rose in den Frühstücksraum.

Verdeckt in ihrer Hand hält sie die Pipette mit einem Tröpfchen verdünntem Zauberelixier.

Schwupps, rein in die Karinkaffeetasse, war ganz einfach, lächelt Rose, als sie sich ins hintere Eck an der Wand setzt.

Karin rauscht um 9.32 herein. Overdressed, konstatiert Rose im Geist.

Und ein Blick auf die schon sitzende Griet und Sina zeigen Rose, dass ihr Urteil gerade von anderen geteilt wird.

Karin stolziert zur Kaffeemaschine, setzt sich mit der gefüllten Tasse zu den beiden Kolleginnen, deren Freundin zu sein, sie sich nach Roses Meinung nur noch wähnt.

Sie nippt ein bisschen an ihrem Kaffee, merkt nichts, ist ja auch schön verdünnt, trinkt die Tasse aus, spült sie unter dem Wasserhahn ab, schüttelt die Tropfen ins Spülbecken und geht heute etwas früher nach oben, weil das Gespräch nicht so recht in Gang gekommen ist.

Am nächsten Tag sieht Karin schon ein bisschen blass aus. Rose wird ihre Strategie mit den punktuellen Nadelstichen ein Weilchen fortsetzen. Sie ist gespannt, wann Karin zum ersten Mal fehlen wird.

Jeden Morgen ein schön verdünntes Tröpfchen für Karin. Es macht Rose Spaß, die Wirkung ihrer Gaben zu beobachten. Karins elegante Ausstrahlung hat durch die Blässe bereits nach einem Tag gelitten, ihre gutgelaunte Gesprächigkeit ist am Freitag schon merklich reduziert.

Den Zeithorizont hat Rose auf drei Wochen festgelegt. Erst die Strategie der gezielten Nadelstiche, die Reduzierung der Widerstandskraft erreichen und durch notwendig werdende Fehlzeiten belegen lassen und dann den finalen Stoß setzen. Die Operation gibt Rose Kraft, tut ihr gut.

Am Montag fehlt Karin.

Im hinteren Eck an der Wand hört Rose, wie Griet Sina und Hanne informiert.

„Sie hat mich gestern angerufen. Sie hätte's schon die ganze Woche am Magen und im Darm, und das Wochenende wär eine Katastrophe gewesen. Sie müsste einfach noch einen Tag im Bett bleiben. Früher hätte sie auch schon mal so eine Phase von Magen-Darm-Beschwerden gehabt. Nennt man ja wohl blauen Montag, wenn ich mich nicht irre, was? Na, die Möller wird schön sauer sein, wenn Karin schon nach so kurzer Zeit fehlt. Warten wir's ab."

Prima, denkt Rose, da hat sie doch die Diagnose für ihr baldiges Dahinscheiden schon fernmündlich mitgeteilt.

Am Freitag der zweiten Woche benutzt Rose zwei unverdünnte Tröpfchen für die mittlerweile heftig erblasste Karin. Terminänderung. Zwei Wochen sind genug. Freitags stellt die Putzfrau das Geschirr von der Woche in die betriebseigene Spülmaschine.

Am Montag herrscht in der Firma großer Aufruhr.

Wer hätte das gedacht? Sah immer so gut und gesund aus. Hatte allerdings schon phasenweise Magen-Darm-Beschwerden, war vielleicht doch was Ernsteres.

Am Dienstag bittet Hanne Rose zurück an den Tisch. Die Karinkaffeetasse steht nicht mehr dort, es hat sie wohl jemand in den Restmüll entsorgt.

Rose wird Hanne nachhause einladen.

Aber sie wird auf der Hut sein.

Indianischer Sommer

Die letzten Wochen sind schön gewesen.

„Den Smoking hab' ich schon dreißig Jahre, Keira", hatte Karl geprahlt.

„Sitzt aber immer noch wie angegossen, Schatz", hatte Keira geschmeichelt. Keira, schön, und jung.

Jetzt hatte er sich dennoch von ihr weggeschlichen, in aller Heimlichkeit, obwohl er sie so gerne betrachtete, wie sie sich dort oben im Schlafzimmer immer wieder an- und auszog, die Wirkung ihres Kleides vor dem großen dreitürigen Spiegel prüfte.

Er war hinunter ins Wohnzimmer gegangen und hatte unter den alten Fotoalben die kleine schwarze Kladde mit dem roten Satinband herausgeholt. Sie hatte auf dem Nachttisch gelegen, neben dem Bett, in dem Hannah gestorben war.

Es kostete ihn Überwindung, das kleine Buch zu öffnen. Bis heute hatte er es nicht geschafft, die Eintragungen zu lesen.

„Dein Leben geht weiter", hatte seine Schwester nach Hannahs Tod gesagt. „Du hast ein Recht auf ein neues Leben, und das wäre sicher auch in ihrem Sinne."

Stimmte das? Wollte er gerade heute eine Antwort auf diese Frage zu finden?

27. Juli

Es ist unheilbar. Ich habe es geahnt, ich war so müde in der letzten Zeit, so matt, nicht wie früher. Der Doktor war selbst so traurig über meinen Fall, dass er mir fast leidgetan hat. Er hat mir ein wenig Hoffnung gemacht. Es könnte ja noch ein bisschen dauern, ich soll aber schon mein Haus bestellen, so hat er es ausgedrückt. Traurig bin ich schon. Ich hatte mir noch so viel vorgenommen. Ob Karl und Lisa verzweifelt sein werden? Jetzt, wo das Leben zusammenschmilzt auf Wochen oder Monate, will ich es noch einmal ganz bewusst wahrnehmen. Ob ich es schaffe, das Leben in seiner Begrenztheit zu genießen?

Keira und Karl

Keira und Karl, dachte er, passt das so zusammen wie Karl und Hannah, Hannah und Karl?

„Schatz, was machst du da unten? Die Gäste kommen doch bald!", hörte er Keira von oben rufen. Er würde viele Seiten überblättern müssen, las jedoch weiter.

Hannah erstand wieder vor seinem Auge. Wie sie in gesunden Tagen gewesen war. Eine schöne Frau mittleren Alters, mit den ersten Falten unglücklicher Tage um ihren Mund und Lachfalten um die Augen.

30. Juli

Sie wissen es. Lisa hat es ruhig aufgenommen. Sie hat mir eröffnet, dass sie ein Kind bekommt. Ich freue mich, aber ich werde mein Enkelkind wohl nicht mehr sehen. Lisa verkraftet durch das neue Leben alles besser. Karl hat mich in den Arm genommen, aber in seiner Umarmung war Fremdheit.

31. Juli

Heute sind Karl und ich in die Rhön gefahren. Und da war alle Fremdheit verschwunden.

Wir haben von den Bergen heruntergeschaut, fast wie in den Alpen, über uns sind die Drachenflieger geschwebt, Karls Arm lag immer auf meiner Schulter und einmal hat er mich zu sich hinübergedreht und mich geküsst. Und dann hat er geweint, und danach ich auch. Ich war so glücklich. „Wahrscheinlich ist das auch die Serotoninausschüttung von deiner Krankheit", hat Karl gesagt.

2. August

Heute habe ich wieder einmal versucht Klavier zu spielen. Es geht noch. Ich war glücklich, weil ich die alten Beethovenwalzer unter den Noten gefunden habe. Nach ein bisschen Üben konnte ich sie wieder, den Hoffnungs-, den Sehnsuchts- und den Schmerzenswalzer. Karl ist dann gekommen. Er war gut gelaunt, er sah so jung aus, er federte bei jedem Schritt, das sah ein bisschen albern aus. „Hannes", hat er gelacht, „guck doch mal nach draußen, die Sonne scheint vom Himmel runter und du spielst Trauermusik."

8. August

Heute habe ich einen Fehler gemacht. In meiner Lage sollte man solche Bücher liegen lassen. Vor langer Zeit hat Karl mir ein ‚Zynisches Wörterbuch' geschenkt. Ich wollte es noch lesen, bevor, bevor ich es nicht mehr kann. Bücher nach Zufall zu öffnen und zu sehen, auf welcher Seite ich gelandet bin, daran hatte ich schon immer Freude. „Du hast eine esoterische Ader, und wenn ich nicht mehr bin, wirst du einen Sandalen-Latscher in dein Haus aufnehmen und immer ‚Hom, Hom' murmeln, hat Karl früher oft gesagt. Das mit der esoterischen Ader stimmt ja, aber das mit dem Sandalen-Latscher nach Karls Tod, das stimmt ja nun nicht mehr. Und dann kam ich noch auf das Stichwort Liebe und was ein Herr Serner dazu bemerkt hat: „Ganz au fond zählt in der Liebe nur das junge frische Fleisch." Ich habe die ersten Haare verloren und in meinen Beinen staut sich das Wasser. Ich mag mich nicht mehr im Spiegel sehen.

Keira und Hannah

Er musste hinaufgehen. Keira würde es merkwürdig finden, dass er gerade heute nicht an ihrer Maskerade teilnahm. „Sitzen meine Haare gut? Passen die Perlohrringe oder soll ich lieber die aquamarinblauen nehmen? Meinst du nicht, man hätte den Saum etwas höher setzen sollen? Soll ich noch ein bisschen Rouge auflegen?"

Dazwischen Hannah. Hannah in ihrem Bett, mit den aufgedunsenen Beinen, mit den blauen Flecken am ganzen Körper, mit den Ausdünstungen des Todes, der sie in den letzten Tagen umgab.

6. September

Heute habe ich mich an „Indian Summer" erinnert. Wie ich den Kindern den Begriff erläutert habe, wusste ich noch genau. „The Indian summer is a very short time of the year. It is the last time of summer, in which the latter displays its beauty. And the shortness and limitedness of it makes its singularity." Indianersommer. Viel schöner als die Übersetzung Altweibersommer.

12. September

Einzigartig. Früher habe ich diesen Begriff gebraucht, ohne ihn richtig zu verstehen. Vieles ist mir jetzt so wertvoll, weil ich es vielleicht nur noch ein einziges Mal erleben werde.

18. September

Habe heute mit Mohrle geschmust. Im Schaukelstuhl, den ich mir für mein Alter gekauft hatte. Sie hat sich auf meinem Schoß zusammengekuschelt, ihr kleiner Kopf auf meinem Arm. Wie ein Baby.

Nur, dass das Baby geschnurrt hat. Ganz lange haben wir so gesessen, und draußen ist es immer dunkler geworden.

30. September

Ich war auf dem Dachboden und habe mir den Weihnachtsschmuck und meine selbst bemalten Weihnachtsteller heruntergeholt. Alles habe ich auf dem großen Tisch im Wohnzimmer ausgebreitet, mich auf den Stuhl gesetzt und die Schönheit der Dinge genossen. Ich habe mich erinnert, an den Kinderlärm und die Kinderfreude, an den Geruch der gelöschten Kerzen, an die sündhaft teure Pelzstola von Karl, die er mir zum ersten gemeinsamen Weihnachtsfest geschenkt hatte und die ich immer mit großem Stolz getragen habe, sogar noch, als die Leute begannen, Pelzträgerinnen mit verachtenden Blicken zu strafen.

4. Oktober

Wer die junge Frau auf dem Foto ist, werde ich Karl nicht fragen.

Heute waren sie alle noch einmal hier: Lisa, Karls Schwester und der Schwager. Auch ihre zwei Töchter hatten sie mitgebracht. Mir wäre lieber gewesen, nur Lisa und Karl hätten bei mir gesessen. Das Schreiben fällt mir sehr schwer.

Ein Glückstagebuch wollte ich immer schreiben.

Die letzten Wochen waren trotzdem schön.

Das Tagebuch ist zu Ende

Hier bricht das Tagebuch ab. Die letzte Eintragung ist undeutlich geschrieben, einige Buchstaben sind verwischt.

Karl schließt die Kladde.

Er öffnet die Terrassentür und lässt die frische Luft herein.

Mit dem Frühsommertermin hatte Keira Recht, denkt er.

Ein wunderbarer Tag zum Heiraten. Er nimmt zwei Treppenstufen auf einmal. Warum erinnert er sich plötzlich an Hannahs Zitat? Ganz au fond …

Keira steht am obersten Treppenabsatz und dreht sich in ihrem weißen Kleid, als er sie festhält und küsst.

6. Oktober, zwei Jahre später

Karl hat die Terrassentür geöffnet. Ein Duft von fallenden und schon gefallenen Blättern, ein Hauch von Vergänglichkeit.

Hannah hat auch immer alles ästhetisiert, das war wohl so eine Strategie von ihr, denkt Karl.

Er holt das Holztablett aus der Küche.

Keira hat wieder beim Frühstück geraucht. Die Reste des Rauchs und der Blätterduft von außen verbinden sich zu einer süßlichen Mischung. Riecht eigentlich ganz gut.

Keira hat nur eine Tasse Kaffee getrunken, die Brötchen, die Fünf-Minuten-Eier nicht angerührt.

„Ich muss um 9.00 Uhr im Büro sein, ich will mit den anderen zusammen essen", hat sie gesagt.

„Du kannst doch noch alleine chillen, du hast ja Zeit."

Chillen – ein merkwürdiges Wort. Kommt aus dem Englischen, erinnert sich Karl.

Im Wörterbuch aus Hannahs Bücherschrank schlägt Karl die Bedeutung nach:

chill

* Kältegefühl, Frieren; Entmutigung
* kühl, frostig; entmutigend
* abkühlen; entmutigen; erstarren

Früher hat Karl sich immer hinter der Zeitung vergraben, obwohl Hannah ein Morgenmensch war und am liebsten morgens reden wollte. „Jetzt hätte ich Zeit, und Lust auch, Hannah", murmelt Karl.

Wenn ich die Küche fertig habe, gehe ich raus in den Garten und reche Laub, beschließt Karl, als das Telefon die Stille des Hauses durchbricht.

„Bin ich zu früh, Papa?", fragt Lisa.

„Nein, ich stehe doch immer mit Keira auf. Schlafen kann ich ja noch ziemlich lange, stimmt's Lisa?"

Karl lacht.

„Kommst du mit deiner Pensionierung gut zurecht?"

„Mach dir keine Sorgen, Lisa. Mir geht's prima."

„Da bin ich froh. Ich hatte schon Angst, wegen dem heutigen Tag.

Weißt du, ich denke ganz viel an Mama. Gerade jetzt, wo Marlen da ist, bräuchte ich ihren Rat und ihre Unterstützung. Ich verstehe heute auch so vieles besser, und ich bin so traurig, dass ich das Mama nicht mehr sagen kann."

Karl fühlt sich unwohl, dass Lisa weint.

„Vielleicht solltest du dich erst einmal beruhigen und wir sprechen später weiter", sagt er.

„Nein, nein, ich will dich ja noch um etwas bitten. Mama hatte erwähnt, dass sie Tagebuch schreibt. Sie hat gesagt, ich darf es ruhig lesen, wenn ich mich irgendwann dazu in der Lage fühle. Und das möchte ich jetzt gern. Ich glaube, ich bin ihr dann wieder ganz nah – und da sie wollte, dass ich es lese, hat sie bestimmt auch einige Zeilen extra für mich geschrieben. Ich würde es gern morgen abholen, wenn es dir recht ist."

„Ja, komm doch morgen, Lisa. Adieu dann."

Karl beginnt zu schwitzen.

Er setzt sich auf den Flurhocker und versucht sich zu konzentrieren.

Nach der Hochzeitsreise hatte Keira verlangt, alle persönlichen Sachen einsehen zu dürfen.

Er hatte kurz mit der Zustimmung gezögert, dann aber schnell nachgegeben.

„Bin ich nun deine Frau oder willst du Geheimnisse vor mir haben?"

Er hatte sie eiligst beschwichtigt, war ins Wohnzimmer gegangen und hatte ihr die Kladde mit dem roten Satinband gegeben.

Keira hatte die Schleife sofort gelöst und geblättert.

„Also, für eine Lehrerin könnte ihre Schrift ja wirklich etwas schöner sein", hatte sie gesagt.

„Hannah war doch schwer krank", hatte er leise eingewandt, aber Keira hatte seine Worte wohl nicht mehr gehört.

Sie war mit dem Buch in der Hand die Treppe hinaufgegangen und hatte die Tür des Schlafzimmers geschlossen.

Jetzt fiel Karl ein, dass er Keira nicht um die Rückgabe gebeten hatte. Er hatte es einfach vergessen.

Wo es hingehört hätte, bei den Fotoalben, findet es sich nicht.

Er wird Keira heute Abend fragen müssen.

Allein sein

Karl hat den Tisch in der Küche gedeckt, zum Schluss noch die Weingläser. Das Telefon unterbricht die Stille im Haus.

„Hi, Karlchen! Ich komme heute Abend ein bisschen später. Tut mir echt leid.

Mensch, jetzt sei doch mal still, ich hab' doch grad meinen Mann am Telefon!

Ein Kollege hat Geburtstag und gibt einen aus. Warte nicht auf mich! Tschüs!"

Keira hat aufgelegt, keine Antwort abgewartet.

„Da soll der Karl wohl wieder alleine chillen, darauf hat der Mensch aber keine Lust".

Er räumt die Weingläser in den Wohnzimmerschrank, deckt den Tisch ab.

Das Licht macht er aus und setzt sich in die Küche, in Hannahs Schaukelstuhl. Im Wohnzimmer will Keira den Schaukelstuhl nicht haben. „Ist zu einfach", hat sie gesagt.

Drinnen und draußen ist es jetzt dunkel.

Karl schaukelt, die Bewegung gefällt ihm.

Er erinnert sich an den Rhönausflug. Den mit Keira.

Von Anfang an war sie schlecht gelaunt gewesen.

„Was soll ich in so'ner dusseligen Mittelgebirgslandschaft? Außerdem ist's hier so windig, dass ich die Flatter machen könnte. Wie lange soll ich denn hier noch rumlatschen?"

Er hatte seine alten Strategien versucht. Die hatten bei Hannah immer funktioniert, und oft hatten sie

beide über seine Wortspiele, seine Satzergänzungstests stundenlang gelacht.

Aber der erste Versuch „die Rhön ist ein Biotop
und da ist Bio topp" hatte bei Keira nur Kopfschütteln
hervorgerufen. Zugegeben, da sie auch bei den
nächsten Versuchen keinerlei Reaktion zeigte, keine
Antwort gab, noch gar gelacht hatte, waren seine
Späße immer schlechter geworden, bis er es aufge-
geben hatte.

Als er es dann mit Zärtlichkeit probiert, seinen
Arm um ihre Schulter gelegt und sie zu küssen versucht hatte, machte sie einen Scherz und wollte sich
über ihren eigenen Scherz dann fast halbtot lachen.

„Du bist wohl s-gesteuert, wenn du so in Wallung
kommst – aber wenn ich dich so von der Seite ansehe, glaube ich, du bist eher ess-gesteuert."

Keira war blitzartig bester Laune gewesen - und
sie war Karl ständig voraus gelaufen, um sich alleine
Dinge anzusehen.

Aufwachen

Karl schreckt auf. In der Küche ist es stockdunkel.
Er schaut auf die Leuchtziffern seiner Armbanduhr, es
ist halb drei.

Also ist Keira immer noch nicht zuhause.

„So Keira, mein Nacken ist jetzt steif, weil du
nicht gekommen bist."

Lustiger Satz, lacht Karl. Hannah kommt ihm in
den Sinn. ‚Ambiguous', zweideutig, war eines ihrer
Lieblingsworte.

Und „Du hast vielleicht einen Humor", das hat sie auch immer gesagt.

Karls nächster Gedanke ist unangenehm.

Lisa will morgen das Tagebuch holen. Wenn Keira nun gar nicht nachhause kommt?

Karl schreibt einen Zettel: „Falls du noch nachhause kommst, lege bitte Hannahs Büchlein heraus, das mit dem Satinband, am besten auf den Küchentisch. Ich werde morgen früh mal chillen. Vergiss es bitte nicht."

Karl verkneift sich, andere Sätze zu Papier zu bringen. Aber eigentlich ist er auch zu müde, um Wut auf Keira zu empfinden. Sie ist halt noch jung und will ihren Spaß haben.

„Brauchte selbst auch immer meinen Spaß", sagt er.

Er legt den Zettel für Keira auf den Küchenboden und schreibt für sich selbst einen.

„Lisa kommt morgen. Nicht vergessen!"

7. Oktober

Die ins Fenster fallenden Sonnenstrahlen wecken Karl.

Gestern Abend hat er sich keinen Wecker gestellt. Falls Keira in der Nacht noch gekommen ist, hat Karl so fest geschlafen, dass er sie nicht gehört hat.

„Am liebsten würde ich gleich weiter schlafen. Merkt ja eh keiner, ob ich auf bin oder hier im Bett versauere. Und ob ich Frühstück mache oder nicht, ist auch egal."

Hannah hatte ihn immer darauf hingewiesen, dass er Selbstgespräche führe.

„Du musst wirklich ein bisschen aufpassen, wenn du im Supermarkt mit dir selbst redest. Der kleine Tommy hat mir genau erzählt, was du alles gesagt hast, als du neulich vor ihm durch den Supermarkt gelaufen bist. Vier ‚Arsch' habe ich in dem Bericht gezählt."

Karl setzt den rechten Fuß vors Bett, dann den linken. Das ist eine Vorsichtsmaßnahme.

„Man muss es verhindern, mit dem linken Fuß aufzustehen, das kann einem den ganzen Tag versauen."

Er schlägt das Kissen auf, öffnet das Fenster und legt die Betten aus.

Mmh, ganz schön kalt geworden. Karl zieht schnell einen dicken Pullover über den Schlafanzug. In der letzten Zeit friert er leichter.

Unten, auf dem Küchentisch, liegt Hannahs Buch. Die Schleife ist geöffnet.

„Also warst du doch da, Keira. Hast du doch Sehnsucht nach dem warmen Bettchen gehabt? Aber dein Karlchen hast du wohl weniger herbeigewünscht, sonst hättest du dein Karlchen doch wecken können, so wie früher?"

Als Karl zur Kaffeemaschine geht, fällt sein Blick auf den Zettel am Küchenboden.

„Lisa kommt heute. Nicht vergessen!"

Karl nimmt schnell Hannahs Buch zur Hand.

Hat sie irgendwelche Spuren hinterlassen? Wenn Lisa herausbekommt, dass er Keira das Buch ihrer Mutter hat lesen lassen, diesen Vertrauensbruch wird sie ihm nie verzeihen.

Hinter den Eintragungen vom 4. Oktober findet sich noch ein Anhang. Hannah hat ‚Appendix' darüber geschrieben.

Auf Daten hat sie verzichtet. Stattdessen nach Begriffen geordnet. Manches ist in Englisch, anderes in Deutsch geschrieben. Die Ordnung scheint alphabetisch zu sein. Auch ein Gedicht befindet sich dort.

UN
UNSEEN
UNNOTICED
UNREMEMBERED
EVERY
THING
HAS
PASSED

Zwei Seiten weiter
1,2,3 Unhappiness

Hat sie es gewusst?

Wie soll Karl auf Lisas Fragen antworten?

Hat Hannah Andeutungen im Tagebuch versteckt?

„Wie soll man denn bei solchen Aufregungen chillen?", sagt Karl.

„Gegessen hab ich auch noch nichts. Weiber sind doch eine einzige Anstrengung."

Er legt das Buch zur Seite.

„Der Mensch ist, was er isst. Vergiss das nie, Karl!"

Die Brötchen und Eier vom Vortag sind noch übrig und schmecken gut.

Karl geht zum Schaukelstuhl.

Nach all den Aufregungen kann er ein bisschen Entspannung gut gebrauchen.

Schlafen und Besuch

Karl ist eingeschlafen.

Er schreckt durch das Klingeln an der Haustür auf.

„Mein Gott, ich komm' ja schon. Ein alter Mann ist doch kein D-Zug", sagt er und lacht.

Lisa steht vor der Tür.

„Hallo, Papa! Na, du bist ja noch im Schlafanzug – bist du krank?"

„Nein, nein, Lisa! Heute war ich nur ein bisschen müde und bin in Mamas Schaukelstuhl eingeschlafen. Und es ist ja sowieso egal, ob ich schlafe oder wach bin."

„Papa, läuft es gut mit Keira und dir?"

„Ja, Kind, geradezu wunderbar läuft es, wir lieben uns ganz wahnsinnig, ganz ‚au fond'."

Karl unterbricht sich, grinst.

Lisa schweigt.

„Komm rein, gehen wir in die Küche und setzen uns. Hast hoffentlich ein bisschen Zeit mitgebracht zum Reden!"

Karl nimmt wieder im Schaukelstuhl Platz. Ist sein Lieblingsplatz geworden.

Lisa steht noch, schaut auf den am Boden liegenden Zettel.

Dann sieht sie die Kladde auf dem Tisch.

„Ist das Mamas Tagebuch?"

Karl nickt.

Mist, nun hat er das Büchlein durch sein langes Schlafen nicht mehr weiter in Augenschein nehmen können. Na ja, wird schon gut gehen. So dumm und dreist wird Keira ja sicherlich nicht gewesen sein, dass sie irgendetwas hineingeschrieben hat. Musste ja damit rechnen, dass Lisa eines Tages Hannahs Tagebuch sehen will. Und Hannah war diskret.

Lisa hat die Hand flach auf das Büchlein gelegt.

„Das hat Mama in der Hand gehabt. Hier hat auch ihre Hand gelegen."

In solchen Situationen hat Karl sich angewöhnt zu zählen.

Vierundzwanzig, fünfundzwanzig, sechsundzwanzig – nur wenn man über die Zehner hinausgeht, sind es wirklich ganze Sekunden, das hat er schon oft ausprobiert.

Also hat Lisa drei Sekunden für das Handauflegen verbraucht.

„Es macht dir doch nichts aus, dass ich das Tagebuch aus seinem Zuhause entferne? Es ist ja bei mir auch in guten Händen, Papa."

„Ach, du lieber Himmel, über so was denke ich doch sowieso nicht nach", hätte Karl beinahe entgegnet, stoppt aber im letzten Moment diesen Satz und erwidert stattdessen:

„Das weiß ich doch, mein liebes Kind, dass du das Buch wie deinen Schatz hüten wirst."

Lisa wischt sich über die Augen. Sie beugt sich zu ihrem Vater herunter und gibt ihm einen Kuss auf die Wange.

„Papa, ich muss leider gehen. Das Nachbarmädchen passt auf Marlen auf und muss gleich zum Tanzunterricht. Ich kann nicht bleiben. Aber Keira kommt ja sicher gleich nachhause, und dann könnt ihr's euch schön machen. Ist gut, dass du nicht so ein Trauerkloß wie ich bist. Mir macht es halt immer noch unendlich viel aus, vor allem in diesen Tagen."

Karl bleibt in seinem Schaukelstuhl sitzen.

„Lisa, du findest ja den Weg zur Tür. Tschüs."

Karl hebt grüßend die Hand, als Lisa hinter der Küchentür verschwindet und ihre Schritte sich auf dem Fliesenboden des Flurs ,tapp, tapp, tapp' entfernen.

Schaukeln

Karl schaukelt. Auf dem Küchentisch stehen noch die Reste des Frühstücks vom heutigen Morgen.

Karl blinzelt. Ist es dämmrig, weil es regnerisch oder diesig oder neblig oder schon wieder spät ist?

Karl schaut auf seine Armbanduhr.

Keira wird gleich kommen.

„Mal sehen, was sie sagt, ob sie was sagt, ob sie wenigstens das Gegenteil des vorherigen Zustands wahrnimmt."

Er hört ihren Wagen, sie öffnet mit der Fernbedienung das Garagentor, sie kommt die Treppe herauf, ‚klack, klack, klack', und dann steht das hübsche Häschen in der Küchentür.

„Hi", sagt sie, „sieht aber echt super aus, dafür, dass du den ganzen Tag nichts anderes zu tun hast als ein bisschen Hausmann zu spielen. Glaub ja nicht, dass ich dir nach dem anstrengenden Tag auch noch den Dreck wegräume. Falls du beabsichtigst, ein Messie zu werden, kleidungsmäßig – sie zieht die Brauen hoch, macht ihren Froschmund - haut das ja heute schon gut hin. Kleidet dich wirklich gut, hebt vorteilhaft deine Gesamterscheinung!"

Sie bückt sich nach dem Zettel auf dem Boden, liest ihn und schüttelt den Kopf.

„Ich hab noch ein bisschen zu arbeiten, ich geh nach oben. Du kannst ja vor dem Fernseher alleine chillen."

‚Klack, klack, klack'.

Karl wird zuschauen, wie es irgendwann ganz dunkel wird.

Nacht

Um drei Uhr nachts wacht Karl auf.

Eigentlich ist er gar nicht mehr müde. Er könnte aufbleiben.

Aber was soll man nachts in einem dunklen, stillen Haus machen, in dem alles Leben erloschen ist?

Als Hannah noch gelebt hat, da hatten sie es anders geplant: „Wenn wir mal pensioniert sind, schauen wir uns jede Nacht, so wie damals bei unserem ersten Aufenthalt in den USA, den Late-Night-Movie an, und am Morgen schlafen wir bis in die Puppen", hatte Hannah gesagt.

Karl schleicht die Treppe hinauf. Er knipst die Schlafzimmerlampe nicht an, schlüpft unter seine Decke. Keira hört ihn nicht oder tut so, und während er wach liegt, schlafen ihm nach und nach beide Füße ein und werden eiskalt.

8. Oktober

Am Morgen ist Karl wohl in einen tiefen Schlaf gefallen, denn er wird erst am späten Vormittag wach.

Sonnenstrahlen fallen durch das geöffnete Fenster. Es ist eiskalt im Raum. „Mein Gott, so eine Frischluftfanatikerin! Hier zieht's wie Hechtsuppe. Soll ich hier erfrieren und mir den Tod holen?", poltert Karl.

Schnell zieht er einen dicken Pullover über seinen Schlafanzug, mummelt sich in die alte Cordhose, die auf dem Hocker liegt, ein, und schließt das Fenster.

Keiras leere Kaffeetasse steht auf dem Küchentisch. Gegessen hat sie wie immer in der letzten Zeit nichts.

„Warum soll ich essen, wenn ich morgen wieder hungrig bin?", hat der GröFaZ mal gesagt – „aber das war eigentlich das einzig Lustige, was der je von sich gegeben hat."

Karl grinst. Hannah hätte ihn zu politischer Korrektheit gemahnt. „Ich sage jetzt genau, was ich will, wenn mir auch niemand mehr dabei zuhört, so dass es nur die Hälfte Spaß macht, über die Stränge zu schlagen." Er isst dann doch eines der übrig gebliebenen Eier von vorgestern, ein trockenes Brötchen ist auch noch da.

Karl steht auf, macht dann einige Kniebeugen.

„Heute räume ich wieder auf. Ich koche was Schönes, ich versuch's noch mal mit dem Weißwein aus Eberbach. Und treibe mit Entsetzen Scherz, Hannah."

Das Vorhaben beflügelt Karl den ganzen Tag über.

Er holt frische Kräuter im Garten, taut die Seezunge auf, die noch in der Tiefkühltruhe liegt, richtet den Feldsalat, der sich gut gehalten hat, bereitet eine Sahnesauce mit Zitronensaft.

Mit Hannahs handbemaltem Porzellan deckt er den Tisch im Wohnzimmer und empfindet zum ersten Mal seit langer Zeit wieder Freude, Vorfreude auch.

„Mein Gott, ich bin doch noch nicht tot. Hab' ich mir doch extra so ein kleines, knuspriges Frauchen gekauft, da muss ich wieder was draus machen", spricht er sich Mut zu.

In der Dusche singt er, benutzt zum Abschluss Davidoff Cool Water, föhnt seine Haare – „hab' ja noch ‚ne ganze Menge Haare, mein lieber Scholli" – zieht die Daniel-Hechter-Jeans und seinen Falke-Pullover an, und wartet dann im Schaukelstuhl auf sein süßes Häschen.

Um fünf Uhr hört er ihr Auto, das Garagentor. ‚Klack, klack, klack'. Auf der Treppe.

Er wird sie an der Tür begrüßen.

„Hallo, Karlchen. Na, du hast dich ja heute ganz schön in Schale geworfen. Ich hab' Petra mitgebracht. Petra, du kennst ja Karlchen. Oh, schau mal, er hat sogar was für uns gekocht. Ist das nicht süß? Karlchen, leg' doch grad noch ein Gedeck für unseren Gast auf. Das blaue Porzellan wär' aber wirklich schöner gewesen! Schade, dass du nicht daran gedacht hast, wie mich dieses Porzellan immer deprimiert."

In die Küche

Karl trottet in die Küche, holt ein weiteres Gedeck, ein weiteres Weinglas.

„Geh' doch jetzt in die Küche und koch' zu Ende, ja? Weißt du, Petra, Karlchen ist nämlich jetzt pensioniert und kocht wirklich ganz himmlisch."

„Ja, dann geh' ich mal. Und bereite alles vor. Ein bisschen wird es dauern."

„Nur keine Eile. Petra und ich werden uns in der Zwischenzeit ein bisschen unterhalten."

„Mein Gott, Keira. Der hat ja wirklich zugelegt. Ich hab' ihn kaum wieder erkannt", flüstert Petra.

„Ich sage dir, zwanzig Kilo, seit ich ihn kenne, kannst du dir das vorstellen?"

„Na ja, man sagt, ein guter Hahn wird selten fett, oder?

„Das kanns'te laut sagen! Aber ehrlich gesagt, bin ich froh, bei dem Zustand, dass er mich nicht mehr so oft belästigt."

„Ja, sag mal, du wolltest aber doch immer Kinder!"

„Kinder will ich schon, aber die Frage ist ja, von wem? Ich könnte die Produktion ja sozusagen outsourcen."

Die Küchentür hat Karl nicht geschlossen, nur angelehnt.

„Ich hab' übrigens das Tagebuch von seiner ersten Frau gelesen. Er hätte sich mal behalten sollen, mit welchem Spruch die sich beschäftigt hat. Ich zitier's dir mal: Ganz au fond zählt in der Liebe nur das junge frische Fleisch. Na ja, mit 67 ist das mit der Frische so eine Sache, kannst du dir ja sicher vorstellen."

„Und was willst du jetzt machen?"

„Na ja, eigentlich ist er ja ganz süß und harmlos. Und vergiss nicht seine Pension. Was Besseres konnte mir eigentlich gar nicht passieren."

Karl klappert ein bisschen mit dem Vorlegebesteck, dann trägt er die Seezunge auf, den superben Feldsalat, er entkorkt den Wein.

„Trinken wir auf die Liebe, auf das Glück, auf die Zukunft! Prost!", sagt er.

Karl zieht sich um 22.00 Uhr zurück.

„Geh' nur. Petra und ich wollen noch schwätzen."

Karl schließt fest die Schlafzimmertür. Lauschen wird er nie mehr. Hannah hat in solchen Fällen immer „So what?" gesagt.

„So what?", singt Karl, dreht sich vor Keiras Schlafzimmerspiegel, schaut sich von links, von rechts von der Seite an, dann legt er sich ins Bett.

Schlafen kann er nicht, aber heute sind seine Füße nicht so kalt.

10. November

Keira hat Karls Auto mitgenommen.

„Dein Auto lässt sich viel besser schalten als mein kleines. Und man sitzt bequemer und hört auch keinerlei Fahrgeräusche. Du brauchst es ja sowieso nicht mehr", hat sie gesagt.

Aber heute würde Karl sein eigenes Auto sehr wohl brauchen. Oder wenigstens Keiras Auto. Das hat seit einigen Tagen Petra, weil sie ihres kaputtgefahren hat.

Karl duscht, verzichtet auf das Frühstück, ist vielleicht erforderlich, und macht sich auf den Weg zum Doktor. Der wohnt zwar im Ort, aber es ist doch eine halbe Stunde Fußweg.

„Oh, das ist aber schlecht, Herr Tanner", sagt Frau Schöner, der Zerberus vom Dorfdoktor.

„Der Doktor ist immer so überlastet, ob ich da heute etwas für Sie tun kann, ist mehr als fraglich.

Warum haben Sie denn nicht vorher angerufen?"

„Hab' ich einfach vergessen!", will Karl antworten, verschluckt dann den Satz und schweigt.

„Nehmen Sie doch bitte Platz, Herr Tanner, ich werde sehen, ob ich Sie irgendwo dazwischen schieben kann." Lustige Metapher, denkt Karl.

Je länger er nachdenkt, desto unsicherer wird er.

Soll er sich dem Doktor anvertrauen? Er könnte vielleicht auch erst einmal mit Lisa sprechen. Aber die würde sich nur ängstigen. Und Keira?

„Da würd' ich wohl den Bock zum Gärtner machen."

„Willst du's denn wissen, Karl?", flüstert er.

Er steht auf.

„Frau Schöner, ich hab' mich anders entschieden.

Ich frag' nächste Woche noch mal nach einem Termin."

Frau Schöner blickt etwas ratlos – und traurig.

„Na, hat Karlchen jetzt deine Position angekratzt, können Ihro Graden jetzt nichts mehr dazwischen schieben?", freut sich Karl, als er sich umdreht und, mit dem Kopf nickend, die Praxis verlässt.

Erster Dezember

Der November ist lange schön gewesen. Wenn Karl morgens aus dem Schlafzimmerfenster geschaut hat, konnte er die roten Ahornblätter sehen, an dem Baum, den Hannah gekauft und er dann vor vielen Jahren gepflanzt hatte. Und es war in den Nachmittagsstunden immer noch warm gewesen.

Vorgestern dann, ganz plötzlich, war es abends kalt geworden, in der Nacht hatte es gefroren und morgens bedeckte ein weißer Flaum von Schneeflocken die letzten Ahornblätter auf dem hart gefrorenen Boden.

Es ist wieder so kalt im Schlafzimmer. Jeden Morgen, bevor sie nach unten geht, öffnet Keira das Fenster. Er zieht schnell den Wollpullover über seinen Schlafanzug, seine Lieblingscordhose hat Keira gestern in die Wäsche geworfen und Karl wird seine Jogginghose anziehen. „Der Mensch muss es sich bequem machen. Alle anderen Hosen kneifen, dazu hat er keine Lust. Richtig, Karl?", sagt er, zum Schlafzimmerspiegel gewandt. Und dann fixiert er sich im Spiegel, fährt mit seiner Hand über Haare, Stirn und Augen und nickt sich zu.

Unten

Eine halb geleerte Kaffeetasse und ein Rest von Kaffee in der Thermoskanne.

Im Kühlschrank ein Becher Fruchtjoghurt.

Schaukelnd und aus dem Küchenfenster auf den weißen Schneeüberzug schauend, trinkt Karl den

Kaffee in kleinen Schlucken und löffelt in winzigen Häppchen seinen Joghurt.

„Guten Morgen, liebe Sorgen, seid ihr auch schon wieder da?"

Karl erinnert sich an diesen Spruch, aber es fällt ihm schon den dritten Tag nicht ein, wie dieser Comedian hieß.

„Irgendwas mit von, das weiß ich noch."

Karl ist kurz eingenickt.

„Power nap", hat Hannah das immer genannt.

Karl geht zum Telefon.

„Lisa, wir haben uns schon so lange nicht mehr gesehen. Kannst du nicht heut' mal vorbeikommen, am besten am Vormittag oder frühen Nachmittag?

Und bring doch bitte das Büchlein mit, ich würde gern, solange ich es noch kann, mal wieder darin lesen. Bis nachher, sei bitte nicht später als 15 Uhr da!"

Lisa hat bisher nichts über Hannahs Tagebuch gesagt. Also wird Keira so schlau gewesen sein, nichts hineinzuschreiben. Und Karl wird ihr keine Gelegenheit mehr geben, etwas dergleichen zu tun. Karl wird die Kladde irgendwo, er hat sich noch keinen Platz ausgedacht, sicher verwahren. Außerdem scheint Keira alles Interesse an Sachen aus Karls Vergangenheit verloren zu haben.

Karl räumt den Küchentisch ab.

„Ist ja nicht viel", sagt er.

Er blättert den Kalender, den er kürzlich unter Hannahs Büchern und Zeitschriften gefunden und dann in der Küche aufgehängt hat, auf Dienstag, den 1. Dezember.

Nach oben

Er geht hinauf, um ein Bad zu nehmen.

Falke Pullover, Daniel-Hechter Jeans, die allerdings erheblich kneift.

Die Haare lässt er an der Luft trocknen.

„Wenn Lisa weg ist, hole ich den Weißwein aus Eberbach hoch. Ich muss einfach mal mit Keira reden. Reden ist das Wichtigste, hat Hannah immer gesagt."

Er wird noch ein bisschen hinausschauen, auf die blätterlosen Bäume im Garten und auf den weißen Flaum, der alles so gnädig überdeckt.

Lisa

Lisa ist wie immer pünktlich. Genau um 15 Uhr klingelt es an der Haustür.

Karl drückt den Türöffner in der Küche, setzt sich wieder in den Schaukelstuhl. ‚Tapp, tapp, tapp'.

„Ich sitze in der Küche, Kind!", ruft Karl.

Lisa öffnet die Tür.

In der Hand hat sie Hannahs Tagebuch, in der anderen trägt sie einen kleinen, runden Kuchen.

„Ich hab uns einen Apfelkuchen mitgebracht. Isst du doch so gern", sagt Lisa und legt beides auf den Küchentisch.

„Soll ich uns Kaffee machen?", fragt Lisa.

„Wenn du welchen willst, ja; ich selbst lege keinen Wert darauf", entgegnet Karl.

„Setz dich, Lisa!"

„Wo hast du denn den schönen Kalender her, Papa?

Interessant, Aphorismen. Aber der Tag stimmt doch gar nicht, heute ist doch Donnerstag."

Lisa blättert den Kalender durch.

„Du, Papa, der ist aber von vor zwei Jahren, da stimmen doch die Wochentage gar nicht mehr!"

„Ich hab' den Kalender unter Mamas Unterlagen gefunden, fand die Sprüche schön. Und ich kann mir ja, wenn es mal notwendig ist, immer den Wochentag richtig daneben schreiben."

Lisa setzt sich hin.

Auf dem Küchentisch liegen Hannahs Buch und Lisas Kuchen.

Karl schweigt, zählt.

Sechsundzwanzig, siebenundzwanzig, achtundzwanzig, neunundzwanzig, dreißig, einunddreißig

Lisa greift zu Kladde.

„Mamas Eintragungen haben mich sehr berührt. Manches habe ich allerdings nicht verstanden. Zum Beispiel schreibt Mama etwas über ‚Unhappiness'. Ich glaube, sie wollte etwas andeuten."

Sechsundzwanzig, siebenundzwanzig, achtundzwanzig

„Du hattest doch während Mamas Krankheit noch kein Verhältnis mit Keira?"

Sechsundzwanzig, siebenundzwanzig, achtundzwanzig.

Ich würde dir gerne die Wahrheit sagen, Lisa. Dass ein Mann, auch wenn er eine kranke Frau hat, noch Bedürfnisse hat. Dass ein Mann im besten Alter ein Recht auf seinen Spaß hat. Dass das Leben eines Mannes laut Statistik an sich sowieso kürzer ist, und dass er deshalb immer sehen muss, wo er bleibt. Dass es mir eine Entlastung gewesen wäre, deine Mutter über die Fakten in Kenntnis zu setzen. Dass ich es aus Rücksicht auf sie nicht getan habe und deshalb mit meinem schlechten Gewissen leben musste. Dass ich beim Lesen ihres Buches erkannt habe, dass sie es geahnt hat. Dass mir das Leid tut. Dass ich jetzt Rücksicht auf dich nehmen werde, Lisa.

„Lisa, ich habe deine Mutter geliebt. Das hätte ich ihr niemals angetan. Du weißt, dass sie gern mit Sprache experimentiert hat. Das hat ihr doch immer Spaß gemacht. Und das war eben bis zum Schluss so."

„Hoffentlich, Papa.

Mama hätte so ein Verhalten wirklich nicht verdient gehabt.

Meinst du, Keira hat Gelegenheit gehabt, Mamas Sachen zu durchwühlen und ihr Tagebuch zu lesen?"

Sechsundzwanzig, siebenundzwanzig, achtundzwanzig.

Was weißt du von einer Ehe, Lisa, in der der Mann alt und die Frau jung und schön ist. Was glaubst du, wie viele Kompromisse man da schließen muss? Das Leben geht weiter, und jeder hat ein Recht auf ein neues Leben.

„Das kann ich mir absolut nicht vorstellen, Lisa. Das Büchlein war im Wohnzimmerschrank hinter den Fotoalben, und Keira hätte in der ersten Zeit, als das Haus noch nicht neu fertig eingeräumt war, gar keine Zeit dafür gehabt, nach Mamas Sachen zu suchen. Und außerdem hätte sie wohl kein Interesse daran gehabt."

„Ich glaube, sie hat es gelesen. Manchmal steht am Rand „Pech gehabt" oder „Und was jetzt?". Diese Worte ergeben ja gar keinen Sinn, außer jemand kommentiert Mamas Eintragungen, und es ist auch nicht Mamas und auch nicht deine Handschrift. Aber mir ist es sowieso am wichtigsten zu wissen, dass du nichts davon gewusst hast und keinen Vertrauensbruch an Mama begangen hast."

Lisa steht auf.

„Ich muss jetzt wieder gehen. Du weißt ja, das Nachbarmädchen hat immer so viele Termine, dass sie meistens nur ganz kurz auf Marlen aufpassen kann. Der Kuchen schmeckt bestimmt gut, du kannst ihn ja alleine aufessen."

Karl bleibt in seinem Schaukelstuhl sitzen. Lisa kennt den Weg hinaus.

Sie winkt kurz. ‚Tapp, tapp, tapp'. Sie schließt die Haustür.

Auf dem Küchentisch liegen der noch eingepackte Kuchen und Hannahs Tagebuch mit Schleife.

Karl hat die Haare doch noch einmal geföhnt. Vorher hat er ein bisschen Gel hineingeknetet.

Den Tisch hat er heute im Wohnzimmer gedeckt, mit dem blauen Porzellan. Und den Weißwein aus Eberbach, den hat er aus dem Keller geholt, zum Kühlhalten in den Kühlschrank gestellt.

Er geht im Wohnzimmer auf und ab, er horcht auf das Garagentor. Wartet. Auf das ‚klack, klack, klack'.

Essen am Abend

Keira ist wieder später.

„Im Büro gab's so viel zu tun. Ich hab' eigentlich auch gar keinen Hunger, hab' schon ein Brötchen gegessen. Na ja, ein kleines Glas Weißwein wird nichts schaden."

Keira setzt sich endlich hin. Karl geht in die Küche, stellt die Herdplatten ab, holt den Wein und entkorkt ihn im Wohnzimmer.

Keira schaut ihm zu.

„Hast du einen Grund, warum du so aufgebrezelt bist? Hab' ich irgendeinen wichtigen Tag vergessen?"

Karl füllt die Gläser.

„Lass uns reden, Keira. Ich leide unter unserer Situation. Ich hatte mir die Zeit, die wir noch miteinander haben, anders vorgestellt. Ich fühle mich einsam, ich bin so viel allein, du kommst immer so spät nachhause und oft bist du nicht mal nachts da."

„Ich muss mich doch auch um Petra kümmern, die lebt allein und ist noch so jung! Ich hab' übrigens mit Petra über deinen Zustand gesprochen. Der Vater von ihr war auch immer so schlecht gelaunt und hat ständig geklagt. Und zugenommen hatte der auch so wie du. Bei dem haben sie festgestellt, dass er eine Schilddrüsenunterfunktion hat. Kann man was einnehmen, ist nicht gefährlich. Und ich hab' mich übrigens auch untersuchen lassen, und dabei haben sie mich auch auf Allergien getestet. Du kannst dir Mohrle von Lisa wieder holen, mit der hast du doch immer so gern geschmust, ich hab' nur ein Problem mit Hundehaaren.

Und weißt du was, jetzt gehen wir ins Bett. Komm!"

Den Wein, den Keira immer so gern getrunken hat, hat sie nicht angerührt.

23. Dezember

Keira hat wieder das Fenster geöffnet.

Karl fasst an seine Nase. Eiskalt. Er kann seinen Atem sehen. Wenn er ausatmet, entsteht eine kleine Nebelwolke. Karl setzt den rechten Fuß vors Bett, dann den linken. Dann springt er auf und schließt schnell das Fenster. Der Ahornbaum versinkt förmlich im Schnee.

„Wie schön der Baum aussieht, wie schön er schläft. Hat aber selbst gar nichts von seiner Schönheit", sagt Karl.

Unten das ‚tapp, tapp, tapp' von Keiras Stiefeln.

Er hört das Garagentor, sie will wohl für morgen einkaufen.

Gestern, als sie über Weihnachten gesprochen haben, hatte Keira sich wieder durchgesetzt.

„Ich will auch meinen Spaß haben. Was soll ich mit Lisa, ihrem Mann, und dann auch noch Marlen? Die zahnt doch im Moment und brüllt den halben Tag und die halbe Nacht. Da kann ich wirklich drauf verzichten. Und Petra ist über Weihnachten allein, da kann ich sie nicht sitzen lassen. Und zwei Frauen und ein Mann, das passt doch nicht, da lad' ich noch Hannes ein, der hat sich von seiner Frau getrennt und hockt allein zuhause. Wenn der seinen Hund unterbringen kann, kommt er auf jeden Fall, hat er gesagt."

Auf dem Küchentisch unten steht Keiras Teetasse. Sie hat sie nur halb ausgetrunken.

„Hab' auf Tee umgestellt", hat sie gesagt. Sie raucht nicht mehr.

Den Geruch des kalten Rauchs von Keiras Zigaretten vermisst Karl fast etwas.

„Dauernd ändert sie was. Hat den Schaukelstuhl auch schon wieder in die andere Ecke der Küche geschoben, so dass die Küche plötzlich ganz anders aussieht."

Karl reißt das Kalenderblatt vom 22. Dezember ab, schreibt ‚Donnerstag' über den 23., nimmt sich einen Joghurt aus dem Kühlschrank. Zum Kaffee-Machen hat er heute keine Lust. Er schiebt den Schaukelstuhl auf seinen alten Platz, löffelt in kleinen Häppchen. Die Katze springt auf seinen Schoß, er stellt den Joghurtbecher auf den Tisch, streichelt die Katze an den Ohren, bis sie sich auf seinen Schoß kuschelt und schnurrt.

Und über dem Schaukeln vergisst Karl seinen Joghurt und schläft ein.

Am Nachmittag ruft Keira an.

„Petra geht es schlecht. Ich muss heute Nacht bei ihr bleiben. Ich hab' ja schon alles vorbereitet, die Gans ist bestellt, die hole ich dann mittags ab, vielleicht kannst du Klöße kochen? Nein? Ich bringe fertige mit, Rotkohl auch."

Aufgelegt. Seine Antwort wartet sie nicht ab.

Karl ist nicht traurig, dass Keira nicht kommt. Er hat sich an die Stille im Haus gewöhnt. Und seit die Katze wieder da ist, hat er ja auch wieder etwas Lebendiges um sich.

„Mohrle ist lieb, und verschmust", lacht Karl.

Am liebsten unterhält er sich mit Hannah.

Hannah kommt, wenn er an der richtigen Stelle in der Küche im Schaukelstuhl sitzt.

Er kann sie genau sehen, obwohl sie nicht so nah kommt, dass er sie anfassen kann.

Meistens liest er erst in Hannahs Tagebuch.

Und dann unterhalten sie sich über das, was er dort gelesen hat.

Hannah hört nur zu. Sie spricht nicht.

Aber sie nickt mit dem Kopf oder sie schüttelt ihn.

Und dann weiß Karl ganz genau, was sie denkt.

Niemandem erzählt er von seinen Gesprächen mit Hannah. Auch Lisa nicht.

Alle würden ihm seine Gespräche kaputt machen, leugnen, dass Hannah da ist – und das will Karl nicht.

„Dazu hat der Mensch keine Lust!", flüstert Karl.

Karl muss Hannah erzählen, wie das mit dem Schönen und dem Lustigen ist.

„Weißt du, Hannah, wir wussten ja beide immer, dass die Welt, dass eigentlich alles kaputt und sinnlos ist, aber wir haben unterschiedlich darauf reagiert."

Karl schaut zu Hannah hin.

Sie hört zu, sie nickt aber noch nicht und schüttelt auch nicht den Kopf.

Er soll weiter erzählen.

„Weißt du, Hannah, du bist in die Schönheit geflüchtet, in den Garten, in deine Bücher, in Gedichte und Geschichten. Das war dein Spaß, deine Balance zwischen Verzweiflung und Lebenswille. Und du hattest auch das Gute, nicht das absolute große Gute, aber Lisa, und deine Kinder in der Schule, und mich. Und da hast du deine Liebe verströmt. Oh Hannah, wie sehne ich mich heute nach deiner Liebe."

Karl summt das Lied, das Hannah, als sie noch gesund war, oft auf dem Klavier gespielt hat, eins aus dem siebzehnten Jahrhundert.

„Mit Lieb bin ich umfangen, Herzallerliebste mein; nach dir steht mein Verlangen..."

Weiter kommt Karl nicht, er hat den Text einfach vergessen. Er nimmt seinen Gedanken wieder auf.

„Und damit warst du auch glücklich."

Hannah nickt.

„Weißt du, ich hatte nicht das Schöne, aber das Lustige. Weißt du noch, wie wir immer und überall gelacht haben? Wie ich Schüttelreime gemacht habe und du immer gesagt hast – Och, dein armer Kopf –

oder wir Satzergänzungstests als Übereinstimmungs-spiel gemacht haben? Das war doch auch schön, das war meine Art von Liebe."

Hannah nickt wieder.

Karl fährt sich mit dem Handrücken über die Augen. Er sieht zu Hannah, die ihn aufmerksam anschaut.

„Ich hab' dich betrogen, Hannah. Als du krank warst."

Hannah nickt.

„Ich war halt immer auf Spaß aus, und deshalb…"

Er sieht Hannah weinen, aber berühren kann er sie nicht.

Heiligabend

Wenn jemand kommt, ist Karl immer etwas aufgekratzt.

Es ist auch egal, ob er die Leute mag, die kommen. Petra mag er nicht, das weiß er schon.

„Na, dann schauen wir uns diesen Hannes doch mal an." Karl freut sich über sein Wortspiel.

Er hat Keira decken lassen. Auch den Wein hat sie aus dem Keller geholt.

„Wenn du schon zu allem zu faul bist, mach' wenigstens den Wein auf, sonst muss ich mich noch mehr vor meinen Freunden schämen!"

Karl hat seinen Smoking angezogen.

„Hab' ich schon dreißig Jahre, Keira, weißt du noch?"

„Ja, und das sieht man auch. Dass du überhaupt noch rein gekommen bist!"

Mit Hannah hätte er jetzt einen schlüpfrigen Witz gemacht, aber den wird er sich verkneifen. Wär' schon ein schöner Scherz, denkt er.

Der Wohnzimmertisch ist mit dem blauen Porzellan gedeckt.

Die Gans liegt auf der handbemalten Platte von Hannah.

„Die Platte hat meine erste Frau bemalt. Schön, oder?", wirft Karl in die Runde und schaut auf Keiras Gesicht.

Keira steht auf. Sie trägt Hannahs Stola. Hat sie drauf bestanden, obwohl sie sonst alles, was von Hannah kommt, deprimiert.

„Karlchen! Ich habe diesen Augenblick ausgewählt, um dir etwas ganz Wichtiges und Schönes mitzuteilen. Und ich will, dass unsere Freunde es als erste hören.

Wir bekommen ein Kind. Ich bin im zweiten Monat schwanger. Ich hoffe, du freust dich, ist ja fast ein Christkind!"

Wenn ich mich freuen soll, warum schaust du dann den Hannes an?

„Das ist wirklich eine große Freude, Keira", sagt Karl.

„Lasst uns trinken: Auf die Liebe, das Glück, und die Zukunft! Prost!"

Karsamstag, 30. März

Keira ist jetzt nachts immer zuhause.

Ein bisschen sieht man ihr die Schwangerschaft schon an. Ihre Augen sind oft gerötet. Vielleicht irgendeine Allergie.

Am Wochenende kommt nun immer Petra. Meistens samstags, nach dem Frühstück. Neben gelegentlichen Besuchen von Lisa ist Petra der einzige Gast in dem stillen Haus.

Hannes war nach dem Weihnachtsfest nicht mehr da.

„Willst du den Hannes zu Ostern einladen, du meintest doch, zwei Frauen und nur ein Mann sei keine gute Mischung?"

Keira überhört Karls Frage.

„Hat sie sich angewöhnt, in der letzten Zeit. Funktioniert ja auch oft. Meistens vergesse ich die Frage wieder. Sind auch meistens völlig unwichtig", murmelt Karl und tröstet sich.

„Ich geh' wieder hoch. Bin immer noch müde, obwohl ich doch ganz gut geschlafen hab'."

Sechsundzwanzig, siebenundzwanzig, achtundzwanzig – Karl hat auf eine Antwort gewartet, aber sie kommt nicht.

Keira schaut ihm nach. Er weiß, sie ärgert sich über seine kurzen Schritte, über seinen schlaffen Rücken. Er spürt ihren bohrenden Blick und geht schnell zur Tür hinaus.

Das Fenster im Schlafzimmer ist geschlossen.

„Ist doch heute mild draußen, so gute, frische Luft", wundert er sich.

Der Ahornbaum vor dem Fenster zeigt schon die ersten Blattknospen.

„Bist du ja wieder aufgewacht, alter Junge. Darfst du noch mal dabei sein, bei der neu erwachten Welt. Siehst aber auch noch schön frisch aus, so dass dich jeder gern ansehen wird. Alle lieben dich für deine Schönheit, glaub mir."

Der Ahornbaum fürs Wochenende

Am Wochenende, wenn Keira und Petra im Haus sind, redet Karl mit dem Ahornbaum, da kann er nicht mit Hannah sprechen. Das kann er nur, wenn auf dem Kalender von vor drei Jahren Freitag steht und es deshalb Montag ist. Karl hat sich angewöhnt, das Kalenderblatt abzureißen und bis abends an den Küchenschrank zu hängen, dann weiß er immer ganz genau, dass heute Montag oder Dienstag oder Freitag ist. Und Freitag ist dann immer der letzte Tag der Woche mit Hannah.

Karl verbringt meist das ganze Wochenende im Bett. Er weiß ja, wie gut sich Keira und Petra amüsieren, wenn er oben ist. Er öffnet die beiden Flügel des Fensters, nimmt Keiras Kissen mit unter seinen Kopf, damit er gut zum Ahornbaum hinsehen kann und schlüpft ins Bett.

Er hört das Garagentor. Petra ist mit Keiras Auto in die Garage gefahren. Er hört sie die Treppe heraufkommen, die beiden Frauen begrüßen sich. Karl hat vergessen, die Schlafzimmertür zu schließen.

Er hat nie mehr lauschen wollen. Aber die beiden Frauen haben bereits begonnen zu sprechen. Wenn er jetzt noch herumpoltert, wissen sie genau, dass er schon einiges gehört hat. Er bleibt liegen.

„… letztlich der Hund Schuld. Und ich war auch noch so blöd und hab' das alles in Gang gesetzt mit meiner Hundehaarallergie. Erst hat er seiner Frau wegen mir den Hund zurückgegeben, dann sind sie sich wieder näher gekommen und dann hat er vor lauter Sehnsucht nach seinem Hund mir den Laufpass gegeben."

„Ob der nur nach seinem Hund Sehnsucht hatte, weiß ich nicht – jedenfalls wollte der Hannes schon immer nur seinen Spaß haben, das wusste jeder in der Firma, ein Kind hätte der ja auch mit seiner Frau haben können, und deshalb sei froh, dass du ihn früh genug durchschaut hast. Du bist doch finanziell völlig abgesichert, und Karl, der stört doch überhaupt nicht.

Hört er die beiden Frauen lachen?

Jetzt ihre Schritte im Flur. Dann ‚klack, klack, klack' auf der Kellertreppe. Das Garagentor. Sie wollen irgendwohin fahren. Zuletzt kehrt die Stille im Haus ein.

Karl sieht, wie der Ahornbaum den Kopf schüttelt.

Die Zeit totschlagen
Karl hat den ganzen Vormittag und den halben Nachmittag geschlafen. Er hat sich nicht die Mühe gemacht, hinunter zu gehen um etwas zu essen – in

der letzten Zeit hat er keinen Hunger mehr. Die Gespräche mit dem Ahornbaum am Wochenende machen ihm nicht so viel Freude wie die mit Hannah in der Woche.

„Da muss der Mensch eben schlafen, um die Zeit tot zu schlagen." In den letzten Monaten hat es immer mehr solche Zeiten gegeben.

Telefon

Das Telefon. Karl wacht auf. Das Telefon klingelt unten im Flur. Soll er hinuntergehen? Das Klingeln hat aufgehört. Karl dreht sich zur anderen Seite.

Wieder das Telefon. Sechsundzwanzig, siebenundzwanzig, achtundzwanzig.

Noch einmal.

Karl setzt den rechten Fuß vor das Bett, dann den linken, verzichtet auf die Cordhose – ist ja mildes Wetter – und geht, so schnell er kann, die Treppe hinunter. Er schafft es erst beim fünften Klingeln, den Telefonhörer abzunehmen.

Petra am anderen Ende der Leitung.

„Keira hatte einen Unfall. Sie ist schwer verletzt. Man hat sie operieren müssen, sie ist außer Lebensgefahr. Keira hat das Kind verloren."

„Soll ich ins Krankenhaus kommen?", fragt Karl.

„Um Gottes willen, setzen Sie sich und andere nicht einer solchen Gefahr aus!", ruft Petra ins Telefon.

„Ich darf doch bitten. Ich war und bin immer noch ein guter Fahrer, und schließlich ist es ja mein Auto!"

„Keira schläft noch, da können Sie gar nichts tun, und sie ist hier in besten Händen. Ich bleibe hier und werde Sie informieren."

Petra hat aufgelegt, sie hat Karls Antwort nicht abgewartet.

Sprechbedarf

Mit wem soll Karl jetzt sprechen?

Der Ahornbaum ist komisch, der schüttelt immer nur mit dem Kopf, nie nickt er.

Karl wird Hannah alles erzählen.

Er geht in die Küche, rückt den Schaukelstuhl an den richtigen Platz und wartet auf Hannah.

Hannah kommt nicht gleich, Karl muss warten, bis es dämmert.

Manchmal kommt Hannah auch erst, wenn es dunkel ist.

„Jetzt kann ich ja wohl nicht sagen, so what? Das wäre gemein, stimmt's?"

Hannah nickt.

„Weißt du was? Es war gar nicht mein Kind. Es war das Kind von diesem Hannes, da bin ich sicher."

Karl schaut zu Hannah hin, er weiß, dass sie nicken wird.

Obwohl es draußen schon wärmer geworden ist, friert Karl.

Er muss **hinaufgehen** und den Wollpullover und die Jeans anziehen.

Die Hose kneift nicht mehr.

Ostermontag

Karl hat die Tage seit dem Unfall im Schaukelstuhl verbracht.

Wenn es hell geworden ist – am ersten Tag konnte man das an den hereinfallenden Sonnenstrahlen feststellen, am zweiten Tag war es nur hell, aber nicht sonnig geworden – hat er das jeweilige Kalenderblatt abgerissen, den angezeigten Wochentag durchgestrichen und den richtigen Wochentag vermerkt. Danach hat er das berichtigte Kalenderblatt an den Kühlschrank geklebt - mit Tesafilm, den Schaukelstuhl richtig ausgerichtet und auf Hannah gewartet.

Er hat angefangen, Hannah zu rufen. Vielleicht kommt sie dann schneller, nicht immer erst in den Abendstunden.

„Hannah, Hannah!"

Aber Hannah, die in ihrem Leben immer so schnell zur Stelle gewesen ist, lässt sich Zeit.

Karl schaukelt.

„Hom, hom. Hannah, Hannah!"

Der rhythmisch-melodische Singsang beruhigt Karl.

„Hom, hom, hom. Hannah, Hannah, Hannah."

Karl schreckt auf.

Läutet es an der Haustür?

Ist Hannah gekommen?

Karl steht auf und betätigt den Türöffner in der Küche.

Er wird Hannah am Eingang begrüßen.

Karl geht zur Haustür.

Hannah steht dort, sie sieht so jung aus.

Sie hat Lisa dabei.

Lisa als Kind.

Karl streckt die Hände aus. Endlich wird er Hannah berühren können. Und er wird Lisa, so wie früher, auf den Arm nehmen. Und Hannah und er werden Lisas Gesicht abküssen, die weiche Haut spüren, ihre kleinen Händchen drücken. Und dann wird er Hannah den Arm um die Schulter legen, sie zu sich herumdrehen und sie ganz lange küssen.

„Papa, warum hast du nicht Bescheid gesagt, dass Keira verunglückt ist und du mutterseelenallein hier im Hause bist?"

Karl zieht seine Hand zurück.

Warum spricht Hannah so mit ihm?

„Papa, du bist krank. Du kannst nicht mehr ganz allein hier leben. Ich werde mich um eine Pflegerin bemühen. Und ich denke, dass es auch für Keira in der ersten Zeit eine Entlastung sein wird, bevor sie wieder zur Arbeit geht."

Warum ist Hannah so böse und gibt sich nicht zu erkennen?

Warum spricht sie mit ihm wie mit einem Kind?

Ist die erwachsene Frau vielleicht Lisa und nicht Hannah? Ist das kleine Mädchen Marlen?

„Papa, es ist unmöglich, über Ostern diese Dinge zu regeln. Ich schlage vor, du kommst mit zu uns."

„Nein, nein, Lisa, mach' dir keine Sorgen, mir geht es prima. Ich gehe früh ins Bett und mache mir noch was Schönes zu essen.

Ich finde nicht, dass eine Pflegerin nötig ist.

Du siehst doch, dass hier im Hause alles prächtig läuft."

„Bis morgen, Papa. Reden wir morgen weiter."

‚Tapp, tapp, tapp'.

„Hannah, komm, Hannah komm."

Erster Dezember

Herr Bören hatte an der Tür geklingelt. Keira hatte geöffnet und ihm einen Platz angeboten.

Jetzt sitzt Herr Bören im Wohnzimmer und Keira hat sich ihm gegenüber in den Sessel gesetzt. Herr Bören nimmt einen Füllfederhalter und ein Notizbuch aus seiner Jackentasche.

„Frau Tanner", sagt Herr Bören, „Sie haben uns benachrichtigt, weil Ihr Mann seit – zwei - Tagen verschwunden ist. Darf ich Ihnen in diesem Zusammenhang ein paar Fragen stellen?"

Keira lächelt Herrn Bören ein wenig an. Sie kennt ihn, er ist ihr manchmal im Supermarkt unten im Dorf begegnet. Er kommt von hier.

„Natürlich, Herr Bören. Bitte fragen Sie nur. Mir ist es nur wichtig, dass mein Mann schnell gefunden wird. Und wenn ich irgendwie dabei helfen kann, bin ich froh."

Herr Bören würde sich gerne räuspern, findet das aber zu peinlich. Er wird ohne Umschweife fragen.

„Frau Tanner, Sie wissen vielleicht, dass ich von hier stamme. Und im Zusammenhang mit dem Verschwinden Ihres Mannes bin ich gehalten, Ihnen ein paar Fragen stellen, die mir selbst nicht leicht fallen."

Herr Bören muss nun doch kurz husten.

„Natürlich – man hat sich im Dorf gefragt, warum Sie, als eine so junge Frau, den Herrn Tanner geheiratet haben, darüber hat sich mancher gewundert. Ja – und ihre Motive, darf ich sagen, spielen nun leider eine gewisse Rolle im vorliegenden - Fall."

Keira zögert einen Moment.

„Herr Bören, ich verstehe Ihre Situation vollkommen.

Ich gebe Ihnen gerne Auskunft.

Sie müssen wissen, dass ich meine Eltern früh verloren hab'. Meine Mutter ist gestorben, als ich fünf war. Danach bin ich bei einer Großtante aufgewachsen, mein Vater hat sich die Erziehung nicht zugetraut. Er war nicht so gesund, war zwei Jahre später selber tot.

Ich habe Herrn Tanner kennen gelernt, als seine erste Frau noch gelebt hat. Das wusst' ich aber nicht.

Er hat ein Seminar gehalten, für die Angestellten in unserem Unternehmen. Er wirkte so überlegen, ich hab' ihn von Anfang an bewundert. Ich hab' auch geglaubt, er ist noch jünger, er sah noch so gut aus.

Wenn wir dann später ausgegangen sind, hab' ich mich immer so geborgen bei ihm gefühlt.

Und da hab' ich angefangen, ihn zu lieben. Dass er eine Frau hat, noch dazu eine so kranke, hat er mir erst später erzählt. Da war es schon zu spät zum Weggehen. Ja, und als dann die Frau gestorben ist, da hatten wir ja freie Bahn, und da haben wir dann geheiratet. Aber er hat seine Frau nicht vergessen können.

Schon, als wir auf der Hochzeitsreise waren, da hat er nachts immer ihren Namen gerufen.

Ich war so verletzt. Und dann hat er immer von ihren Leistungen geprahlt; wie gut sie alles konnte, wie künstlerisch und wunderbar sie war. Aber ich habe ihn geliebt, und das tue ich auch jetzt noch. Ich hoffe, Sie finden ihn bald!"

Halina

Halina Orla sitzt auf dem Hocker im Flur. Ihre Augen sind gerötet. Herr Bören steht vor ihr und sieht ins sein Notizbuch. Er hat einen Füllfederhalter in der Hand.

„Nun erzählen Sie doch mal, Frau Orla, was haben Sie hier bei Ihrem Dienstantritt vorgefunden?"

„Ich heiße Halina Orla, bin 22 Jahre alt und bin die Pflegerin von Herrn Tanner oder, ich weiß es ja noch nicht, war die Pflegerin von Herrn Tanner.

Angestellt hat mich die Lisa, die kenne ich nämlich von der Schule. Wissen Sie, ich war Schülerin bei der Frau von Herrn Tanner, seiner ersten Frau. Und weil ich oft bei den Tanners gewesen bin, früher, als die Frau Tanner noch meine Klassenlehrerin war, da kam die Lisa eines Tages zu uns nachhause und hat gefragt, ob ich ihren Vater pflegen könnte, er wäre krank geworden und seine zweite Frau könnte es nicht machen, sie wäre nämlich im Krankenhaus. Und ich habe nach der Schule eine Ausbildung als Altenpflegerin gemacht und ich war zu der Zeit arbeitslos – und da habe ich sofort ja gesagt. Ich mochte den Herrn Tanner ja noch von früher."

„Haben Sie im Haus gewohnt?"

„Nein, zuerst bin ich nur jeden Tag von neun Uhr bis fünf Uhr hier gewesen, und da hat die Lisa mit ihrer Marlen so lange hier geschlafen, bis Herrn Tanners zweite Frau, die Keira, wieder nachhause gekommen ist. Da hat die Lisa wieder bei sich zuhause geschlafen."

„Wann sind Sie denn ganz ins Haus gezogen?"

„Das war, nachdem der Herr Tanner diese schlimme Lungenentzündung gekriegt hat. Er hat wohl immer, auch wenn es kalt war, das Fenster aufgerissen, ja, und da hat er zuerst immer nur gehustet. Wenn ich um neun gekommen bin, hat der Herr Tanner manchmal noch im Bett gelegen, und da hab' ich dann festgestellt, wenn er mich gerufen hat, dass er immer das Fenster aufgerissen hatte. Da hab' ich's ihm gesagt, dass das nicht geht, aber er hat nur gelacht. Und beim nächsten Mal war es wieder auf. Dann hat der Herr Tanner die schlimme Lungenentzündung gekriegt, so dass wir alle dachten, er stirbt. Und danach hat die Lisa gefragt, ob ich auch im Haus wohnen würde, die zweite Frau will sich ein Zimmer unten einrichten, und ich soll ins Gästezimmer oben neben ihrem Vater einziehen – ja, und das haben wir dann gemacht."

„Wie war denn der Herr Tanner so?"

„Och, der war immer noch ein lustiger Mann, auch wenn er manchmal ein bisschen komisch war. Aber er hat oft versucht, mich zum Lachen zu bringen, und ich hab' immer so getan, als ob über alles, was er so sagt, ich mich halbtot lachen könnte. Und das hat ihn dann gefreut."

„Was war denn ein bisschen komisch an ihm?"

„Der Herr Tanner, der wollte immer, dass ich ihm nachmittags das Schlafzimmerfenster öffne. Und dann hat er sich zwei Kissen unter seinen Kopf gelegt und hat zum Baum vor seinem Fenster geschaut. Das ist ein ganz großer Baum und die Blätter sind ihm fast ins Fenster gewachsen. Ich glaube, der Baum hat ihn irgendwie an seine erste Frau erinnert. Und ich hatte manchmal den Eindruck, dass er mit diesem Baum spricht. Aber richtig gehört habe ich es nicht, weil ich immer die Schlafzimmertür schließen sollte."

„Ist denn der Herr Tanner bettlägerig gewesen?"

„Nein, nein, er wollte nur immer gern im Bett liegen, aber er konnte noch laufen. Er ist auch gegen Abend immer aufgestanden und hinunter gegangen, aber immer, bevor die zweite Frau gekommen ist. Dann musste ich die Küchentür schließen und ich weiß, dass er sich dann in den Schaukelstuhl gesetzt hat. Manchmal war es zwei Stunden still, und fast hat man den Eindruck gehabt, dass der Herr Tanner selbst zu einem Stuhl wird, weil der sich gar nicht mehr weggerührt hat und bis zum Abend stumm in dem Schaukelstuhl gesessen hat. Manchmal hat er aber auch nach seiner ersten Frau gerufen. Das weiß ich, weil die Hannah geheißen hat, sie war ja meine Klassenlehrerin, und das hat er dann immer gerufen. Irgendwann im Spätsommer, so August, September, hat der Herr Tanner dann gar nicht mehr schlafen können. Bis dahin hatten wir noch nicht daran gedacht, die Haustür zu verschließen, aber an einem Morgen, als ich nach dem Klopfen sein Zimmer betreten hab', war er weg."

Halina hält einen Augenblick inne. Dann fährt sie fort.

„Ich hab' ihn dann gesucht, ich war aufgeregt, hab' es der zweiten Frau auch nicht erzählt, weil ich Angst hatte, sie gibt mir die Schuld, und hab ihn dann im Garten gefunden. Er saß auf der Bank unter dem Ahornbaum, ganz still, ganz stumm, völlig unbeweglich. Ich hab' ihn angesprochen, aber er hat mich gar nicht wahrgenommen, ich hätte auch mit der Bank sprechen können."

„War Herr Tanner nicht mehr bei Sinnen?"

„Manchmal schien es so, aber er hatte auch ganz klare Phasen. Da hat er dann Dinge erzählt, die hab' ich nicht verstanden, aber ich glaub', die waren klug. „Hat sich Herrn Tanners Verhalten denn dann irgendwie geändert?"

„Das mit dem Weggehen und Weglaufen, das ist mehr geworden. Und der Keira hatte ich es ja nicht gleich gesagt, weil Herr Tanner doch nur im Garten gewesen war. Als es Herbst geworden ist, da hat der Herr Tanner jeden Nachmittag den Ahornbaum sehen wollen. Ich hab' die Vorhänge weggezogen, ihm sein Bett gerichtet, und wenn gutes Wetter war, dann hat er sich stundenlang den verfärbten Ahornbaum vor seinem geöffneten Fenster angesehen.

„Siehst du, wie schön er ist, der alte Junge, Halina? Bald kommt der Schnee und legt sich auf ihn, und wenn er dann nicht schläft, wird er ziemlich leiden. Aber das, Halina, wollen wir für den alten Knaben doch nicht hoffen. Und ob er sich im Frühjahr zum x-ten Mal erholen und belauben wird, ja, das wird man dann sehen!", hat er gesagt.

Immer, wenn er viel geredet hatte, hat er danach Stunden geschwiegen. An einem Morgen war er dann wieder nicht da, und da hab' ich's der Keira gesagt. Sie war ganz ruhig und gefasst, aber wir haben ihn dann doch gesucht und haben ihn im Wald gefunden. Er war nur ein paar Minuten dorthin gegangen, aber ich habe doch einen mächtigen Schrecken gekriegt, er hatte sich ja verirrt, weil, es hätte ja was passieren können. Ich habe ihn hinterher gefragt, warum er denn weggelaufen ist, und er hat gelacht und gesagt: „Es war um der Schönheit willen." Mit der Keira habe ich dann besprochen, dass wir immer die Haustür abschließen, aber manchmal hat sie nicht daran gedacht."

Hanne fängt an zu weinen.

„Wenn ich jetzt vergessen habe, die Haustür abzuschließen", sie nimmt ein Tempotuch und putzt sich die Nase, „und dem Herrn Tanner ist was passiert?"

Das Ende des Indianischen Sommers

Der November war lange schön gewesen, die Luft noch so klar. Und nachmittags schien immer die Sonne. Fast wie ein verspäteter Altweibersommer, sagten die Leute.

Dann war es plötzlich kalt geworden. In der Nacht hatte es gefroren und morgens bedeckte ein weißer Flaum von Schneeflocken die letzten roten Ahornblätter auf dem hart gefrorenen Boden.

Im Wald, auf einer Lichtung, wird man Karl finden. Er hat bestimmt gefroren, denn er hat nur seinen Schlafanzug an. Man wird ihn berühren, und sein Körper wird schon ganz erstarrt sein.

Man wird sich wundern, dass er zu lächeln scheint, als seien seine letzten Momente auf dieser Erde schön gewesen. Im Wald wird es still sein.

Karl ist hier ganz allein.

Sein immer noch volles Haupthaar ist bedeckt von einem weißen Flaum aus frisch gefallenem Schnee.

Wenn Lisa kommt, wird sie wissen, dass Hannah da gewesen ist.

He*She*It

Introduction

Ich ließ die Fliegenklatsche sinken. Ich hatte etwas gehört. Nicht ein tiefes Brummen, wie erwartet, sondern Wörter. Englische. Das Ding, das Wesen, das ich gerade noch für eine dicke hässliche Schmeißfliege gehalten hatte, saß auf meinem Frühstücksteller.

Ich setzte meine Brille auf und nahm das Etwas erneut in Augenschein. Es hatte Augen, flinke, kleine, mich jetzt anschauende, mich verfolgende Augen mit merkwürdig langen Wimpern darüber. Etwas tiefer saß eine kleine, glänzend helle Kugel, wohl die Nase, und darunter volle Lippen, ein schön geschwungener Frauenmund. Der Körper ähnelte mehr den Strichzeichnungen, die ich als Kind in langweiligen Schulstunden angefertigt hatte. Ein langer Strichstock in der Mitte, zwei Strichstöcke mit daumenähnlichen Gebilden oben und zwei Striche unten, in hochhackige Stiefel gesteckt.

Hatte ich die zwei Glas Rotwein gestern Abend nicht vertragen? Ich putzte noch einmal meine Brille mit der Serviette, schloss die Augen, ließ sie einen langen Moment geschlossen.

„He*She*It", sagte das Ding.

"He,she,it, 's' geht mit."

Diese Kopplung in meinem Kopf kann ich nach fünfunddreißig Jahren Englischlehrerdasein einfach nicht verhindern. Das Ding vor mir auf dem Tisch konnte sprechen. Englisch. Sollte ich mit diesem Wesen reden?

"What's your name?", fragte ich.

"He**She**It", kam prompt die Antwort.

Making friends

Mit den beiden Strichstockdaumen fegte He**She**It nach dieser Vorstellung die Brötchenkrümel auf meinem Frühstücksteller zu einem Kissenhaufen zusammen, legte sich hin, gähnte laut, schloss die Augen und fuhr mit seinem rechten Daumen drei Mal in die Luft. Von links nach rechts, vor seinem Kopf, zeichnete er eine kurze Strecke in die Luft.

Ich verstand seine Körpersprache sofort. Ich bin Lehrerin und damit professionelle Körpersprachenversteherin.

„Don't disturb!" war die Botschaft, der ich Folge leistete, während lautes Schnarchen unsere Kommunikation fürs erste beendete.

Ich bin es gewohnt, meine Entscheidungen laut und ausführlich mit mir zu diskutieren. Gelegentlich zeichne ich mir sogar Entscheidungsbäume auf. Ich nahm mir also die Tasse mit dem Rest des kalten Kaffees und verzog mich an meinen Schreibtisch. Vorteile, Nachteile - schrieb ich auf das Blatt, wog dann Positiva und Negativa genauestens ab, bis meine Entscheidung feststand.

Ich ging ins Esszimmer zurück, räumte den Rest des Frühstücksgeschirrs ab und nahm daraufhin He**She**lt auf seiner Tellerunterlage mit in die Küche. Schade, dass Harald damals unsere Katze mitgenommen hatte. Die hatte immer gerne einen frischen Proteinhappen gegessen.

Auf halber Distanz wurde He**She**lt wach, sein linker Daumen stieß in die Luft, blieb kurz stehen. Drei Mal.

"Stop! Stop! Stop!"

Ich verstand sofort und wusste, dass auch das Ding verstanden hatte.

Der Daumen wies mich zurück ins Esszimmer. Ich gehorchte.

Ich setzte He**She**lt auf den Tisch, ließ mich auf einem der Stühle nieder und wartete. Auch das Ding hatte sich nun aufgesetzt, schaute sich interessiert um und suchte, nach einem langen Augenaufschlag mit den geschwungenen Wimpern, meinen Blick.

Ich würde sie nicht ansprechen, ich hatte sie nicht eingeladen! Wenn ich sie schon nicht in der Mülltonne entsorgen konnte, sollte sie wenigstens wissen, wie unwillkommen sie mir war. Vielleicht hatte sie ja noch einen letzten Rest von Anstand und Manieren und verabschiedete sich freiwillig schnell wieder. Mir fiel ein, was mein Vater zu sagen pflegte, wenn Nachbarn oder Verwandte bei uns mal eben vorbeigeschaut hatten: „Unangemeldete Gäste empfängt man nicht gern." Schade , dass He**She**lt meine

Gedanken nicht lesen konnte, dann wüsste sie, was ich von ihrem Besuch hielt.

Sie kniff das linke Auge zu. Schon früher habe ich diese Geste, die Einverständnis Gemeinsamkeit, Vertrautheit ausdrückt, die ich nicht zurückweisen kann, gehasst. Noch einmal. Sie befeuchtete sich ihre Lippen, lächelte, zwinkerte mir zum dritten Mal mit den Augen zu.

„Du hast drei
Wünsche frei!"

Sie war also zweisprachig - und von allen guten Geistern verlassen.

„Wenn du mir nichts zutraust, schau her!", sagte sie.

He**She**It's Strichhände stießen in die Luft, beide Daumen abgespreizt, dort verweilten sie für einen Augenblick. Dann fuhren sie in zwei sich voneinander fortbewegenden Bögen in die Luft – wie mein Stuhl, auf dem ich vor wenigen Minuten Platz genommen hatte. Die heftige Aufwärtsbewegung entriss mir meine Brille, die darauf folgende Landung meine beiden Sandalen. Er konnte also Gedanken lesen! Eine Eigenschaft, die ich selbst oft gerne gehabt hätte, aber bei anderen nicht schätze. Und selbst die Schwerkraft war für ihn kein Hindernis! Langsam wurde mir das Ding unheimlich.

Ich stand auf, setzte meine Brille wieder auf, schaute He**She**It an.

„ Du brauchst mir deine Fähigkeiten nicht mehr zu beweisen. Lass mir bis morgen Zeit, ich will einmal darüber schlafen. Drei Wünsche sind viel und doch wenig. Ich will das Richtige tun."

HeShelt bedachte mich daraufhin mit einigen wütenden Augenblitzen. Sein rechter Daumen fuhr zum Boden. Ich musste unwillkürlich an die römischen Kaiser denken, die die gleiche Geste machten, wenn sie einen Gladiator nach dem Kampf zum Tode verurteilten.

„No, no, no!
Time is pressing,
time to go!"

rief HeShelt in einer Lautstärke, die ich dem winzigen Gesellen nicht zugetraut hätte.

Er wischte sich mit der Hand über den Kopf, keuchte erschöpft und fuhr dann merklich sanfter fort: „Du weißt doch, wie du es mit den Kindern machst, wenn sie keine Ideen haben.
Denk einfach an Liebe, Reisen, Geschichte, Musik."
Ein ganzer Schwall von weiteren Begriffen prasselte auf mich nieder, aber ich hatte nur die ersten beiden richtig wahrgenommen. Liebe, Reisen.

Die beiden Wörter öffneten ein Tor, das lange verschlossen gewesen war.

Memories

„Wo gehst du hin?", wollte He**She**lt von seinem Kissenhaufenteller aus wissen.

Ich war vom Esszimmerstuhl aufgestanden und beabsichtigte nicht, diesem Ding auf jede Frage eine Antwort zu geben. Ich ging zum Kamin und fasste hinter den obersten Scheit des aufgestapelten Kaminholzes. Es dauerte einen Augenblick, bis ich das Papierknäuel gefunden hatte. Wie oft hatte ich den Brief, den er mir zum Abschied geschrieben hatte, gelesen, zerknüllt und wegwerfen wollen. Und hatte ihn doch immer wieder aufbewahrt. Als ich den Brief jetzt nach Jahren erneut entfaltete, krochen die alten, vergessen geglaubten Gefühle von Verletzung und Wut wieder in mir hoch. Ich ging schnell ins Wohnzimmer und setzte mich auf den Sessel, der der Tür abgewandt stand.

„Meine liebe Ruth, meine Liebe,

ja, das bist und bleibst du für mich: Ein lieber Mensch, der mich viele Jahre meines Lebens begleitet und mein Leben erst lebenswert gemacht hat.

Wenn ich dich jetzt trotzdem wegen meiner Beziehung zu Marina verlasse, so versichere ich dir, dass du nicht schuld bist: Es hat mich einfach überfallen und ich kann, so gern ich auch möchte, gegen meine Liebe, ja, und meine Leidenschaft nicht an.

Ich hoffe und bin eigentlich sicher, dass das Leben ohne mich für dich lebenswert bleibt: Du hast ja deinen geliebten Beruf.

Meinen finanziellen Verpflichtungen werde ich natürlich nachkommen, wenn ich auch froh bin, dass sie aufgrund deiner eigenen Berufstätigkeit nicht so erheblich sind! So ist ein Neuanfang für mich erschwinglich.

Ich lasse dir meine neue Adresse bei Gelegenheit zukommen und sei versichert, dass ich dir von Herzen für die weiteren Jahre alles Gute wünsche.

Dein Harald
P.S. Vielleicht findest du ja auch einen neuen, netten Lebensgefährten, der mich ersetzt. Du weißt ja, dass ich niemals eifersüchtig gewesen bin!"

Wie gut, dass He**She**It im Esszimmer saß und die Tränen nicht sehen konnte, die jetzt aus meinen Augen die Wangen hinunter kullerten.

Warum musste ich plötzlich an Lewandowski denken? Wie albern! Wie aussichtslos!

Ich nahm den Brief und zerknüllte ihn erneut. Im Esszimmer zog ich die drei oberen Holzscheite nach vorn, ließ das Knäuel verschwinden und schob die Scheite wieder davor.

Gespräch

„Was hast du im Wohnzimmer gemacht?", wollte He**She**It sofort wissen.

Ich überhörte seine Frage.

Ich setzte mich wieder auf meinen Esszimmerstuhl. He**She**It schien über mein Schweigen beleidigt zu sein. Er drehte mir seine Seite zu, schob die Kissenkrümel mit dem linken Daumen unter seinem Kopf zusammen und verteilte einige Krümel auf seinem Strichstockkörper. Dann gähnte er laut und vernehmlich und bedeutete mir mit der Rechten, zu gehen.

„Ich möchte jetzt mit dir reden", übersah ich seine Geste.

Augenblitze.

„Du kannst mich nicht einfach aus meinem eigenen Esszimmer weisen. Ich habe eine Entscheidung gefällt, du wolltest es ja unbedingt bald wissen. Meine drei Wünsche…"

Weiter kam ich nicht. He**She**lt hatte sich aufgesetzt. Mit zusammengekniffenen Lippen fixierte er mich eine Weile. Erst dann sprach er.

> *„Listen you*
> *and hear my rhyme.*
> *It's me*
> *who names*
> *the point of time."*

Er legte sich wieder hin, drehte mir seine Seite zu und begann augenblicklich laut zu schnarchen. Ich hatte ohnehin schon längst abwaschen wollen.

Wünsche

„Ich bin jetzt hörbereit."

He**She**lt saß mit übereinander geschlagenen Beinen auf der höchsten Stelle des Wasserhahns meiner Spüle. Sie würdigte mich mit mehrmaligem Augenaufschlag hinter geschwungenen Wimpern. Ich trocknete meine Hände ab. Ich kam mir nicht mehr albern vor, meine drei Wünsche zu benennen. Inzwischen war ich von den Kräften des kleinen Wesens restlos überzeugt.

„Ich möchte meinen Mann treffen.

Ich möchte meine Mutter noch einmal sehen.

Ich will eine große Reise machen. In Ägypten die Pyramiden anschauen, nach Australien fliegen, in London auf der Themse fahren."

He**She**It legte bei meiner Aufzählung ihren Daumen auf den Mund und schüttelte dann heftig den Kopf. Womit hatte ich nun schon wieder ihren Unwillen erregt?

„You look
And read my face.
It's me
Who'll name
the place".

Sie hüpfte vom Wasserhahn herunter und in den geöffneten Schrank mit dem Frühstücksgeschirr.

„Auf diesem Teller will ich reisen. Aber ich brauche einen Baldachin, damit ich nicht herunterfallen kann." Sie schaute mich an, zeigte auf meinen Kopf.

„Die zwei Klammern in deinem Haar, die finde ich übrigens sehr hässlich, nimmst du zum Befestigen. Im Flur habe ich vorhin ein Seidentuch in deinem Mantelärmel entdeckt. Das will ich haben für meinen Baldachin. Ich lege mich jetzt noch eine Weile hin, damit ich vor der Reise noch etwas ausruhen kann."

Sie hüpfte aus dem Schrank auf die Arbeitsplatte, stellte sich breitbeinig hin und begann mit der rechten Hand wilde, wirbelnde Kreise zu beschreiben:

„Listen you
and hear my rhyme
Future, present, past
I mix up the time."

Ein letzter erneuter Wirbel. Ich saß, Haralds Brief in der Hand, im Wohnzimmersessel.

Gedanken lesen

He**She**lt hatte sich auf meinen Schoß gesetzt und schaute mich an.

„Ich verstehe gar nicht, warum er dich verlassen hat."

Sie wusste schon alles und hatte in meinem Kopf gestöbert.

„Du hast eigentlich immer noch ein junges Gesicht, ein Kindergesicht."

Ich nehme an, ich errötete, denn ich hatte schon so lange kein Kompliment mehr gehört.

„Aber", fuhr sie sogleich Kopf schüttelnd fort, „es sieht darum umso komischer aus. Ein Kindergesicht mit Falten, wo gibt es denn so etwas?"

Mir blieb die Luft weg.

Ich dachte einen Moment über eine gemeine Erwiderung nach, zum Beispiel könnte ich ihre Kugelnase kritisieren oder ihre strichdünnen Beine - aber dann fielen mir die drei Wünsche ein und dass man die Hand, die einen füttert, nicht beißen soll.

Gefährte

„Hast du meinen Baldachin fertig?", fragte He**She**lt.

Ich setzte sie auf die Sessellehne, holte ihr Gefährt und stellte es vor sie hin auf den Sitz.

Augenblicklich war sie unter dem Seidendach verschwunden.

Ihr Kugelkopf flitzte hin und her. Offensichtlich gefiel ihr das Gefährt. Dann schob sie sich unter dem Baldachin hervor.

„Du bist sehr vergesslich.

Wahrscheinlich liegt das schon an deinem Alter.

Hast du gedacht, ich kann ohne eine ordentliche Unterlage, ohne Kopfkissen und Zudecke, nur auf dem glatten Teller schlafen?"

Sie war blitzschnell in der Küche verschwunden. Ich hörte sie den Brotschrank öffnen, ohne eine Ahnung, wie das kleine Ding diese Aufgabe bewältigte. Nach nur einem Moment kam sie mit einem Rosinenbrötchen zurück.

„Du teilst jetzt das Rosinenbrötchen in drei Teile, wobei ein Teil kleiner als die anderen beiden sein muss.

Jetzt drückst du den einen der großen Teile etwas flach.

Nein, Nein, nein", sie hüpfte auf das Brötchendrittel und dann hin und her, „so flach muss es sein.

Das soll meine Matratze werden!"

Sie nahm die drei Rosinenbrötchenteile an sich, verschwand unter ihrem Baldachin, ich hörte sie hin und her gehen, bis sie unter dem Seidendach hervorlugte und mit strahlenden Augen verkündete:

„Mein Bett ist sehr, sehr schön geworden. Ich bin jetzt reisefertig."

Sie zeigte mit dem Daumen auf den Sessel.

„Das ist dein Gefährt. Du brauchst die Lehnen, um dich festhalten zu können.

Hole dir einen Mantel, es wird windig werden.

Und eine adäquate Schuhbekleidung wäre empfehlenswert. Diese scheußlichen Sandalen würdest du sofort verlieren."

Sie hatte sicherlich eine Menge Erfahrung mit solcherlei Reisen. Also war es vernünftig, ihren Rat zu befolgen.

Ich kleidete mich in Mantel und feste Schuhe, nahm auf dem Sessel Platz, setzte He**She**lt mit ihrer Frühstückstellerkutsche auf meinen Schoß und wartete auf die Dinge, die als nächstes passieren würden.

Reise

He**She**lt stand breitbeinig vor seinem Baldachin. Er legte den rechten Daumen auf seinen Mund. Einen Augenblick stand er bewegungslos.

Dann führte er beide Hände nach oben, die Daumen abgespreizt.

Zwei Bögen beschrieb er mit der Hand.

Dann das gleiche noch einmal.

Die Fahrt begann so rasant und plötzlich, dass ich Mühe hatte, den Teller und mich selbst an der Lehne festzuhalten.

He**She**lt war nicht mehr zu sehen, er hatte sich unter seinen Baldachin verzogen.

Wir glitten dahin, in unvorstellbarer Geschwindigkeit, und kaum hatte ich die Türme von Nürnberg ausgemacht, waren wir schon über München.

He**She**lt stoppte die schnelle Fahrt, steuerte den Sessel tiefer und tiefer, bis wir über einem mehrstöckigen Gebäude herum zu trudeln begannen.

He**She**lt's Daumen deutete nach unten - und da sah ich ihn.

Er saß in einem hell beleuchteten Zimmer an einem Tisch.

Eine äußerlich veränderte, durch ihre Körperfülle matronenhaft wirkende Marina, saß seitlich neben ihm. Vor beiden stand ein Teller und eine Tasse. Sein ehemals dunkles Haar war jetzt schütter und weiß. Ich reckte mich auf meinem Sessel, konnte aber seine Gesichtszüge nur schemenhaft erkennen.

So, als hätte er meinen Wunsch erraten, steuerte uns He**She**lt noch etwas näher.

Marina aß nicht selbst, sie hatte einen Löffel in der Hand. Sie nahm aus dem Teller etwas Grünes auf, sie führte den Löffel zu seinem Mund. Sie fütterte ihn. Im rechten Mundwinkel hatte sich etwas von dem Gemüse verteilt, das er gegessen hatte.

Marina sah es im gleichen Moment wie ich. Sie wischte den Brei mit ihrer Hand weg, putzte ihn mit der Serviette ab, die er um den Hals gebunden trug. Sie gab ihm wieder ein Löffelchen seines Gemüsebreis. Sie strich ihm über das weiße Haar und er lächelte sie an, nicht wie ein Mann, sondern wie ein Kind.

In diesem Moment unendlicher Liebe und Traurigkeit verzieh ich ihm und ihr. Eine seltsame Leichtigkeit, so, als hätte ich einen Ballast abgeworfen und sei bereit für Neues, überkam mich. Ich machte HeShelt Zeichen, dass ich weiterreisen wolle.

Der zweite Wunsch

Wir waren schon eine ganze Weile geflogen und HeShelt hatte gerade eine Ruhephase in unserem Flug eingeleitet, so dass wir fast in der Luft standen. Er baute sich breitbeinig vor seinem Baldachin auf und blickte mich an.

„Are you certain
Shall I
lift the curtain?"

„Ich habe mir meine Wünsche genau überlegt", erwiderte ich. „Bitte, erfülle mir jetzt meinen zweiten Wunsch! Aber zuvor noch etwas: Warum reimst du immer, HeShelt? Bist du ein Dichter oder willst du einer werden?"

Bei seiner Antwort ging er auf und ab.

„Wann und warum schreiben die Poeten? Wenn sie das Schreckliche, das Traurige, das Schlimme überwinden wollen. Sie geben der Trauer, dem Schrecken eine ästhetische Dimension. Schöne Bilder, schöne Sprache, dann geht alles leichter", sinnierte er.

„Halte dich jetzt gut fest. Und…".

He**She**lt beschrieb mit der rechten Hand drei wirbelnde Kreise.

Ich saß auf meiner Schaukel.

Wie hatten wir diesen Platz in unserem Garten geliebt! Mama, meine junge, schöne Mama, stand in ihrem blauen Sommerkleid an meiner Seite. Sie stieß mich an. Hoch, höher.

„Mama, guck, ich fliege!"

Ich bedeckte die Augen mit den Händen. „Nicht weiter, He**She**lt, nicht weiter!"

He**She**lt beschrieb drei neue wirbelnde Kreise.

Mama auf dem Flughafenfeld, auf dem Weg zu dem großen Flugzeug. Ich stehe hinter der Absperrung, ich winke ihr zu, sie sucht mich in der Menge, winkt zurück. Bald wird sie zurückkommen.

Das Foto. Papa hat die Zeitung mit dem Foto vor mir versteckt. Ich hole die Zeitung aus dem Papierkorb. Das Wrack. In diesem Flugzeug ist sie gestorben. Sie hat an mich gedacht, an Papa, an uns.

Mamas leeres Bett. Der leere Platz an unserem Tisch. Nie mehr ist sie zurückgekehrt, nie wieder hat sie mir übers Haar gestrichen, mich in den Arm genommen, nie wieder an meiner Seite gestanden.

Nimmermehr.

He**She**lt putzte mit seinen Daumen meine Tränen ab.

Aufwachen

Ich wachte auf, weil unser Gefährt taumelte. Die Umgebung hatte sich völlig verändert. Keine Berge, keine Flüsse mehr, nirgendwo eine Stadt oder menschliche Ansiedlungen – nur noch helles, gleißend weißes Licht und ein riesiges Tor am Ende des sich verengenden Weges. Irgendetwas juckte und kratzte an meiner Hand – da sah ich, dass He**She**lt seine Frühstückstellerkutsche mittlerweile verlassen hatte und nun auf meiner Hand, die beiden Strichstockhände in die Seiten gestützt, hin und her ging. Jetzt blieb er plötzlich stehen und blitzte mich, breitbeinig in Positur gebracht, an. Seine veränderte Haltung, sein scharfer Blick verursachten mir ein ungutes Gefühl. Was führte dieser Fliegengeselle im Schilde?

Sein rechter Daumen fuhr in die Luft, blieb dort einen Moment stehen.

„Stop", sollte das heißen.

Seinen linken Daumen legte er jetzt auf seinen Mund.

Das war das Zeichen, dass ich ihm nun zuzuhören hätte.

Wieder befanden wir uns in schneller Fahrt, so dass He**She**lt gegen den Fahrtwind anschreien musste.

„Listen you
And hear my rhyme
This is now
The point of time.

Look at me
And read my face
This is now
The final place.

He**She**It verlangsamte nach diesen Worten die Fahrt, so dass wir auf das Große Tor zuglitten.

Er stand jetzt oben auf meinen Handrücken und kehrte mir den Rücken zu. Ich musste ihn fragen. Ich verstand nicht, was all diese Andeutungen bedeuten sollten. Ich erinnerte mich, dass er den Zeitpunkt und die Orte der Reise hatte bestimmen wollen. Mir war ja auch nichts anderes übrig geblieben, als mich darein zu fügen. Aber in dieser gottverlassenen Gegend konnte man schwerlich irgendwelche Attraktionen erwarten. Ob sich Sehenswürdigkeiten hinter dem großen Tor verbargen? Mein letzter Wunsch, der stand doch noch aus!

„He**She**It", begann ich, „was kann ich mir denn hinter dem Tor ansehen? Ich wollte doch so gern nach Australien reisen, oder hast du das vergessen?

Und falls möglich, würde ich auch ...".

Ich kam nicht weiter, denn He**She**It verbot mir mit einem in die Luft fahrenden rechten Daumen das Weiterreden.

„Stupid teacher
Silly creature
Listen you
And hear my rhyme
Up and over is your time
Look at me
And don't you cry –

You will die!

„Die? Sterben?"

Ich drückte mich in den Sessel und starrte auf das große Tor, das nun noch näher gekommen war. Dort sollte ich hindurch gehen, jetzt schon, für immer hinter dem großen Tor verschwunden sein, ohne zu wissen, wie es dort aussah, was mich dort erwartete?

„He**She**lt, gehst du mit?", stellte ich dem winzigen Boten auf meinem Handrücken meine dritte Frage.

Er antwortete mir dieses Mal in Deutsch.

*„He***She***lt* *geht niemals mit."*

Dann fuhr er in englischer Sprache fort:

"He always leaves *before* *The door."*

Wir waren angekommen.

Das Licht wurde noch heller und die zwei Flügeltüren begannen sich in der Mitte zu öffnen.

He**She**lt's Hände fuhren in die Luft, bezeichneten bereits den Anfang eines Bogens, so, als wolle er gleich allein seine Rückreise antreten.

Da packte ich ihn an seinem rechten Arm, wirbelte ihn sechs Mal in großen Kreisen herum und stieß He**She**lt beim siebten Wirbel auf den unteren Rahmen der großen Tür. Ich sah noch, wie er sich krampfhaft mit seinen beiden Strichstockdaumen dort festhielt, um nicht in den Abgrund hinter dem Tor zu fallen, aber ganz genau habe ich nicht erkennen können, ob es ihm gelungen ist.

Wake up

„Miss Lein, wachen Sie doch auf!"

David und Laura saßen neben mir auf dem Boden. Ich hörte Wortfetzen des London-Films, der immer noch lief.

„Tower Bridge opens so that the ships can go through."

Die Kinder halfen mir aufzustehen. Ich war im Klassenraum der 6A. Ich hatte wohl einen Film mitgebracht. An den Wänden ein Poster von London, eins vom Ayers Rock.

„Miss Lein, wir glauben, Sie sind gestürzt.

Wir haben es aber erst gemerkt, als der Film schon fast am Ende war, vor der Zusammenfassung, wissen Sie? Thomas ist zu Herrn Lewandowski gerannt, um ihn zu holen. Er kommt bestimmt gleich."

Ich richtete meine Kleidung, fuhr mir schnell durch die Haare. Ich musste fürchterlich aussehen.

Studiendirektor Lewandowski sah besorgt aus.

„Frau Lein, ist alles in Ordnung?"

Er legte die Hand auf meine Schulter. Schaute mich an. Endlich - sah er mich einmal an.

„Ich habe Herrn Behn bereits mit der Vertretung beauftragt. Nein, keine Widerrede. Es ist mir ein Bedürfnis, Sie nach Hause zu begleiten. Die frische Luft wird Ihnen sicher gut tun."

Herr Behn hatte schon das Klassenzimmer betreten, half mir in meinen Mantel. Die Kinder verließen leise den Raum.

Studiendirektor Lewandowski reichte mir wortlos seinen Arm. Dort, wo ich mich eingehakt hatte, wurden meine Schulter, mein Arm ganz warm.

Gernot Lewandowski öffnete die Eingangstür der Schule, ließ mich hinaus. Die Tür fiel ins Schloss. Wir gingen auf das eiserne zweiflüglige Schultor, das den Hof nach außen begrenzte, zu. Schnell nahm ich wieder seinen Arm.

Als wir direkt vor dem Tor standen, löste ich mich von ihm und blieb stehen. Ich schaute ihn an, endlich - sah ich ihn an. Ich holte tief Luft, dann nahm ich seine Hände.

Meine Hand in seiner Hand - gingen wir durch das Tor.

Hermann und Dorotea

Tag 1

Herbst und Winter

Hermann Winter hatte sich erhoben.

Mit einem energischen Griff schob er seinen Stuhl beiseite und ging federnden Schrittes auf Frau Obstmann zu.

Er streckte die Hand aus, drückte kräftig die ihm nun ebenfalls dargebotene Hand, Vertrauen einflössend. Den Griff hatte er lange genug geübt. Er war sicher, dass er überzeugte. Flüchtig berührte er Frau Obstmanns Schulter, nur ganz leicht natürlich, so dass sie sich keinesfalls belästigt fühlen konnte, aber doch mit dieser Bewegung menschliche Wärme signalisierend. Frau Obstmann nahm Platz, Winter auch. Das Kostüm, das Frau Obstmanns etwas barocke Formen vorteilhaft verhüllte, sah teuer aus. Die Knopflöcher waren gut verarbeitet, die Rocksäume schienen von Hand angenäht. Frau Obstmann würde Sitzungen bezahlen können, auch wenn die Krankenkasse dies verweigern würde. Entsprechend freundlich, aber zurückhaltend, lächelte Winter Frau Obstmann an.

„Doktor Winter, Doktor Hermann Winter, gnädige Frau."

Der Psychologe mit einer Eineinhalb-Raum-Praxis in Hilden sprach beileibe nicht jede Patientin mit „Gnädige Frau" an. Aus wohl erwogenen Gründen schien ihm dies im vorliegenden Falle jedoch angemessen.

Winter blickte auf seinen Schreibtisch, fand nicht, was er suchte.

Er nickte Frau Obstmann kurz zu und sagte:

„Frau Obstmann, Sie entschuldigen", drückte den Knopf seiner Sprechanlage und tadelte Dorothy – so nannte Hermann seine Mitarbeiterin im halben Vorzimmer heimlich in seinem Kopf – mit den Worten:

„Fräulein Herbst, wo bleibt denn Frau Lizzy Obstmanns Karte?"

Dorotea Herbst nahm von dem Stapel leerer Karten eine herunter, vermerkte den Namen „Lizzy Obstmann" auf der ersten fett markierten Zeile, erhob sich und klopfte kräftig an der Tür. Wegen der Geheimnisse, die dahinter offenbar wurden, war diese natürlich doppelt gepolstert. „Kommen Sie herein!", sagte Winter streng. Als nächstes „Legen Sie die Karte auf den Schreibtisch! Schließen Sie bitte die Türe, Fräulein Herbst! Von außen." Die Instruktion war beendet, Dorotea hinaus komplimentiert.

Dorotea Herbst wollte noch einen Augenblick zuhören, obwohl sie das nun folgende Gespräch fast auswendig kannte. Winter hatte natürlich wieder vergessen, seine Wechselsprechanlage auszuschalten. Vergaß er immer. Der Dialog war vorhersehbar.

Anamnese mit kleinen, menschlich-verbindlichen Äußerungen von Winter, die dem Aufbau einer therapeutischen Beziehung und der möglicherweise auch privaten Begleichung der hoffentlich kommenden und zu liquidierenden Rechnungen dienen sollte.

„Frau Obstmann, wann sind Sie denn bitte geboren?

Tatsächlich, 1959?"

Dorotea sah Winters Augen vor sich, erstaunt aufgerissen, dazu ein verschmitztes, nur angedeutetes Lächeln.

„In Köln also. Na, da haben Sie sich aber als Kölnerin sozusagen mit Hilden fast in die Düsseldorfer Höhle des Löwen begeben, nicht wahr?" Um Frau Obstmann zu entspannen, hängte Winter noch ein kurzes, gurgelndes „ha-ha-ha" an.

„Sie sind verheiratet?"

Dorotea stellte sich Winters „Natürlich-sind-Sie bei-diesem-Aussehen-verheiratet!"-Gesicht vor.

Sie hatte genug gehört. Die Erstdiagnose war klar: Leichte depressive Verstimmung aufgrund von hormonell bedingten Wechseljahresbeschwerden. Verheiratet, finanziell abgesichert, Bedarf an Zuwendung von außen.

Ende der Sitzung

Hermann Winter erhob sich.

Mehr als eine Stunde ließ sich für das Erstgespräch ohnehin nicht liquidieren. Und er hatte auch genug gehört. Typischer Fall von Wechseljahresbeschwerden, gekoppelt mit empfundener Vernachlässigung durch den etwa gleichaltrigen Ehemann.

Die Erwartungen, die Frau Obstmann mit ihrem Gang – sie hatte mehrfach betont, wie schwer es ihr gefallen sei, einen Psychologen aufzusuchen, weil ihre Mutter, Tante und die beste Freundin Psychologen als Seelenklempner für Verrückte bezeichnet hätten – zu einem Therapeuten verband, waren natürlich völlig unrealistisch. Wie sollte ein normaler Mensch einer Frau die Jugend wiedergeben, die sichtbar unwiederbringlich verloren war? Wie sollte er, Hermann Winter, den Ehemann von Frau Obstmann beeinflussen, dass er die eingetretenen Veränderungen nicht wahrnahm? Wie konnte er Frau Obstmann, die nichts in ihren Kopf investiert hatte, nun plötzlich zur anregenden Gesprächspartnerin machen, damit der verlorene Liebreiz aufgewogen würde? Nur ein Zauberer, nicht jedoch ein Psychologe, konnte derartige Dinge bewirken.

Winter wusste, dass man die ganze Behandlung hätte heute abschließen können mit den Worten:

„Frau Obstmann, Dinge verändern sich und darauf haben wir kaum Einfluss, aber wir können lernen, uns an eine veränderte Situation anzupassen. Und je früher, desto besser!"

Aber das würde maximal 65 Euro einbringen, und davon konnte man wahrlich nicht leben und auch noch eine Sekretärin bezahlen. Also verabschiedete er Frau Obstmann mit den Worten:

„Meine liebe gnädige Frau, ich bin sicher, dass wir einen Weg aus Ihren Problemen finden werden. Wir haben heute einen guten Anfang gemacht. Fräulein Herbst wird Ihnen für nächste Woche einen Termin geben."

Hermann nahm Frau Obstmanns Hand, deutete eine winzige Verbeugung an und führte seine neue Patientin unter flüchtigster Berührung ihrer Schulter zur Tür. Sacht geleitete er sie zur sitzenden Dorothy, der er mit engagierter und gleichzeitig besorgter Stimme

„Fräulein Herbst, Frau Obstmann braucht einen Termin, nächste Woche, aber richten Sie es bitte unbedingt für die erste Wochenhälfte ein, wenn es nicht anders geht, müssen wir dann eben versuchen, einen anderen Termin zu verschieben!", die Terminvergabe auftrug.

Mit einem erneuten, nur angedeuteten Nicken schloss er die Tür hinter sich und warf die durchnässten Papiertaschentücher in den Papierkorb unter dem teakholzartigen Schreibtisch.

Die Uhr tickt

Die über der doppelt gepolsterten Tür aufgehängte Uhr zeigte 10.00.

Winter hatte Dorotea gleich zu Beginn ihrer Zusammenarbeit – und das waren ja jetzt auch schon wieder achtzehn Jahre – den tieferen Sinn gerade diesen Ortes erklärt.

„Zunächst einmal ist es ein Innehalten für den Patienten. Er sieht die Uhr, gleichsam als Entrée, und wird sich klar, dass Zeit Geld ist, dass er die Zeit mit seinem Therapeuten sinnvoll nutzen muss, dass er sich konzentrieren sollte. Solchermaßen aufgerüstet betritt er den Praxisraum. Dort sitzt der Therapeut, den er natürlich von vorneherein als überlegenen Partner akzeptiert. Der ist nun aber ganz unprätentiös, ganz entspannt. Und schon ist er für diesen Therapeuten eingenommen und der erste Schritt in Richtung „therapeutische Beziehung" – falls Sie den Begriff schon einmal gehört haben, Frau Herbst – ist gemacht."

An dieser Stelle hatte Dorotea damals ein höfliches „Ach, das ist ja wirklich interessant" einfügen wollen, war aber dazu nicht gekommen, weil Winter, quasi ohne Atem zu holen, fortgefahren war:

„Ja, liebe Frau Herbst, ich will allerdings auch nicht verschweigen, dass ich die Uhr an dieser zentralen Stelle, ja fast in unmittelbarer en-face-Position ihrem Schreibtisch gegenüber, auch für Sie angebracht habe. Denn, wie sagt der Brite doch so schön, nicht wahr? Time is money! Und das gilt ja auch für die Untergebenen!"

Und dann, auch schon vor achtzehn Jahren, hatte Winter seine Ausführungen mit einem kurzen, gurgelnden „ha-ha-ha" beendet.

„Das war schon kein ‚weak signal' mehr, das war ein ‚strong signal' für die achtzehn Jahre!" Den letzten Satz hatte Dorotea laut gesprochen. Sie schaute zur Tür, aber Winter blieb dahinter verschwunden.

Sie hatte kaum Alternativen gehabt. Abgebrochenes Philosophiestudium, alleinstehend, keine Kinder, keine Verwandten, keinen reichen Erbonkel, keine wohlhabende Erbtante. Und zum Inventar hatte sie damals schon gehört. Beim alten Doktor Seidel hatte sie zuvor schon zwölf Jahre gearbeitet, und

Winter hatte sie bei Kauf der Praxis genauso übernommen wie die teakholzartige Inneneinrichtung.

Dorotea erhob sich.

Sie zog den graugrünen, gekräuselten Vorhang, hinter dem sich eine Spüle, ein ausklappbarer Wandtisch für ein bis zwei Personen, zwei hellblaue Kunststoffklappstühle, ein Minikühlschrank, zwei Herdplatten, eine doppelseitige Kaffeemaschine und neuerdings auch eine Mikrowelle befanden, zurück und setzte je zwei Tassen Tee und Kaffee auf, Kaffee für sich und grünen Tee mit Vanille für Winter. Dann zog sie den Tisch heraus, deckte zwei Becher mit Zucker und einer Tüte 3,7%iger Vorzugsmilch, legte zwei Teelöffel auf. Zuletzt klopfte sie kräftig an der doppelt gepolsterten Tür. „Herr Doktor Winter, der Tee ist bereit". Winter öffnete energisch, seine Körperhaltung signalisierte „Sie haben mich gerade in einer zentralbedeutsamen Arbeit gestört", schaute auf die Uhr und sagte:

„Ach, Frau Herbst, wie doch die Zeit immer so schnell vergeht, da ist es ja schon wieder 10.30Uhr und Zeit für eine Tasse – „ha-ha-ha" – zwei Tassen Tee!"

Herbst und Winter nahmen Platz.

Über das Geistige

Winter war froh, dass er durch die Errichtung einer strengen Tagesstruktur, die wenig Zeit zum Überlegen ließ, Frau Herbst den Eindruck von Geschäftigkeit, ja Imposanz vermitteln konnte.

Natürlich war das Patientenaufkommen mehr als spärlich, seine Honorare auch und eigentlich konnte er sich Frau Herbst gar nicht leisten. Aber wie stand man vor seinen Eltern, der Öffentlichkeit da, wenn man nicht mal eine einzige Angestellte hatte?

Nur einmal hatte er Vater widersprochen, und das war bei der Wahl des Studienfaches gewesen.

„Du bist in deiner Klasse der Primus, da wirst du ja wohl etwas studieren können, was dir ein auskömmliches Leben gestatten wird. Und verlass dich ja nicht auf dein Erbe, das kann heute gewonnen und morgen zerronnen sein, vor allem im Maklergewerbe."

Hermann hatte dem Vater entgegnen wollen "Das stimmt zwar, aber ...", doch dieser hatte wie immer ohne weiteres Atemholen seinen Monolog fortgesetzt:

„Schon zu meiner Zeit waren die Künstler und die Geisteswissenschaftler arme Schlucker. Und erst heute, ach du dicke Scheiße. Die kämpfen nie für bessere Honorare oder Gehälter, die schämen sich nur für ihre Armut und stecken den Kopf in den Sand. Und da wird's halt nicht besser, sondern eben immer schlimmer. Die haben unsere neue pluralistische – plu- ra- li-stische! -Gesellschaft in keiner Weise kapiert. Wer was haben will, muss das Maul aufmachen, rufen „Heh, hier bin ich, ich will auch was vom Kuchen abkriegen!" und sich nicht vornehm zurückhalten. Die Metaller zum Beispiel, ja, die kapieren das, aber solche vermeintlichen Edelmenschen werden das nie verstehen."

Mama hatte Hermann jedoch unterstützt.

„Der Junge muss das studieren, was ihn interessiert, und das ist nun eben nicht der schnöde Mammon, sondern das Geistige."

Mit dem letzten Wort hatte Mama die Diskussion beendet, denn Vater hatte nicht studiert, sondern nur den Abschluss einer höheren Handelsschule vorzuweisen, was Mama, als Tochter eines Medizinalrates, schon immer ein Dorn im Auge gewesen war.

Herrmann hatte sich an der geisteswissenschaftlich-psychologischen Fakultät eingeschrieben, in den fünf Jahren seiner Ausbildung jede Störung für sich selbst befürchtet, die im Studium durchgenommen wurde und sein Examen mit sehr gut bestanden.

Genützt hatten die guten Noten ihm allerdings nichts. Auch die folgenden drei Jahre seiner Ausbildung zum Therapeuten hatte er selbst beziehungsweise der Vater finanzieren und sich deshalb dessen alte Tiraden anhören müssen. Eine Anstellung hatte er am Ende auch nicht finden können und dann Vater gebeten, ihm die Praxis vom alten Seidel zu kaufen.

And that's that, fügte Winter in Gedanken hinzu.

Er blickte Dorothy an.

Irgendwann werd' ich's ihr sagen, warum ich sie Dorothy nenne, in meinen Gedanken Aber ich sollte nicht zu persönlich mit meiner Angestellten werden, das zieht doch so manches Problem nach sich, korrigierte er sich.

„Kompliment, Frau Herbst, der Tee ist heute wieder köstlich. Aber- ha-ha-ha - bei einem Beuteltee aus der Kaffeemaschine können Sie ja auch nicht so viel verderben, nicht wahr?"

Vom Dichten und vom Denken

Dorotea schaute auf die Uhr. 10.50 .

Winter hatte zehn Minuten übrig, um irgendein ihn interessierendes Thema anzuschneiden. Da erhob er sich auch schon, ging zu dem Fenster an der rechten Seite des Raumes, schaute kurz hinaus, legte beide Hände auf dem Rücken zusammen und wendete sich dann Dorothea zu.

„Wissen Sie, Frau Herbst, heute Abend gehe ich wieder zu meinen Lyrikern. Habe ich Ihnen bereits einmal davon erzählt?"

„Gute zweihundert Mal", hätte Dorothea gern geantwortet, aber Winter hatte den Faden schon wieder aufgenommen.

„Ja, wie dem nun auch sei, morgen Abend will ich einen Aphorismus zum Besten geben. Wissen Sie, die Teilnehmer tragen ein Gedicht, einen Vers - also jedenfalls etwas Lyrisches vor. Und die Freunde und Freundinnen müssen raten, von wem das Vorgetragene ist, von dem Vortragenden selbst oder einem anderen Dichter.

Das ist immer sehr lustig, ja, und ich freue mich immer wieder auf die Begegnung mit diesen Gleichgesinnten."

Hermann brachte das Luft-Schöpfen an dieser Stelle in der gewohnten Eile hinter sich.

„Sind Sie interessiert? Ja, nun, aber machen Sie sich auf etwas gefasst:

Es sprach der Philosoph
Mein Gott!
Sind Weiber doof."

Winter schaute Dorothea aufmerksam an, so, als wolle er keine Regung in ihrem Gesicht verpassen. Er grinste, schaute zur Uhr.

„Na, Frau Herbst, wie die Zeit doch wieder vergangen ist. Dann wollen wir mal. Es kommen ja heute Morgen Gottseidank keine Patienten mehr, da kann ich dringende Schreibtischarbeiten erledigen. Ich möchte auch telefonisch nicht gestört werden!"

Dorotea hatte ein Obstmesser ergriffen und war erleichtert, dass Winter aus ihrem Blickfeld verschwand.

„Das war kein Aphorismus, du unterbelichteter Krähenvogel, das hätte mit etwas Hirnschmalz ein Epigramm werden können."

Dorothea hatte laut gesprochen, aber Winter hatte Gottseidank die Tür schon zugezogen.

Vom Essen

Nach dem Frühstück machte Dorotea immer Ordnung in der Miniküche.

Es würden zwar heute Morgen keine weiteren Patienten auftauchen, trotzdem hatte sie gern Ordnung in ihrem kleinen Reich.

Sie spülte die Becher und die zwei Teelöffel unter heißem Wasser, trocknete ab und räumte alles in den Hängeschrank über der Spüle. Dann nahm sie einen feuchten und einen trockenen Lappen, rieb den Küchenschrank, vor allem um den Griff herum, und dann die Spüle mit dem feuchten Lappen ab. Zum Schluss polierte sie alles mit dem trockenen Lappen nach.

Auf dem Unterschrank links stand schon das Mikrowellengericht für dreizehn Uhr.

Vor drei Wochen hatte Winter die neue Mikrowelle mitgebracht.

„So, Frau Herbst, jetzt muss bei uns aber endlich mal ein frischer Wind wehen. Wir verschlafen ja sonst die Segnungen der neuen Zeit, nicht wahr?"

Dann hatte er die Mikrowelle ausgepackt, darauf hingewiesen, dass er sie im Fachhandel, nicht bei so irgendeinem Discounter gekauft habe, also was Richtiges, nicht so ein Allerweltsprodukt für jedermann, die Verpackung neben den Papierkorb gestellt und die Mikrowelle auf dem Unterschrank rechts postiert.

„Die Verpackung bewahren wir noch ein Weilchen auf, es könnte ja etwas defekt sein, dann brauchen wir sie noch." Damit fiel die Entsorgung der Pappen regelmäßig in Doroteas Obliegenheit, denn spätestens am nächsten Tag hatte er die Verpackung vergessen.

Sie hatte sich natürlich sofort gefragt, was er denn in der Mikrowelle zubereiten wollte, weil er üblicherweise nicht einmal zum Teekochen taugte.

„Wissen Sie, Frau Herbst, man könnte damit ja endlich von diesen Broten, diesen Sandwiches um die Mittagszeit, loskommen. Das ist doch sowieso nur eine amerikanische Unsitte, die sich in Deutschland eingebürgert hat. Kennen Sie noch die alte Fernsehwerbung ‚Etwas Warmes braucht der Mensch'? Die habe ich nie vergessen, die hat sich quasi in meinem Kopf eingebrannt.

Na ja, und wenn das Patientenaufkommen einmal temporär etwas zurückgegangen ist, können Sie ja die daraus resultierenden Leerzeiten zuhause ein wenig durch die Zubereitung einer Kleinigkeit für die Mikrowelle ausgleichen. Effizienter Potentialeinsatz dient mittelbar der Sicherheit eines Arbeitsplatzes."

Aha, hatte Dorotea gedacht. Ich soll also nicht nur Tee kochen, aufräumen und Staub wischen, jetzt darf ich ihn auch noch mittags mit Futter versorgen.

Sie hatte in realistischer Abschätzung ihrer Situation aber nicht widersprochen, sondern am nächsten Tag einen Pichelsteiner Topf mit Wienern mitgebracht, von dem Hermann Winter zwei große Portionen bis zum Topfgrund gegessen hatte.

Gesagt hatte er nichts.

Dorotea hatte sich schnell daran gewöhnt, abends noch zu kochen. Ein bisschen war es, als würde sie für ein Kind kochen.

Vom Lesen

Hermann Winter streckte die Füße aus. Er dehnte seinen Torso, dann die Arme und zuletzt die Finger.

Gottseidank konnte Frau Herbst nicht sehen, dass er überhaupt keine Schreibtischarbeit zu erledigen hatte.

Für heute Nachmittag hatte sich gerade noch ein Patient einen Termin geben lassen: der Pfarrer Hansmann, den Hermann schon seit Jahrzehnten kannte. Was konnte Hansmann wollen?

Winter griff in das Fach unter der Schreibtischplatte, in dem er seine wöchentliche ‚Bunte' vor den Augen von Frau Herbst und den Patienten versteckte.

Die Beschäftigung mit den Seelenpübsen von Prominenten gehörte zur Realitätsbeurteilung der Jetztzeit hinzu. Er legte seine Füße auf den Schreibtisch und begann, medial vermittelt, mit der Umwelt in Kontakt zu treten.

Selten konnte Winter zum Gelesenen nicken, meistens schüttelte er den Kopf.

Als die ‚Bunte‘ schon fast bis zur letzten Seite perzipiert und vor allem alle Fotos intensiv beleuchtet worden waren, hörte Hermann Winter Geräusche nebenan. Herrlich, Frau Herbst bereitete in der Mikrowelle die Mittagskleinigkeit zu.

Ja, doch, er hatte auch wieder Hunger. Wie die Zeit immer so schnell verging!

Ein voller Magen denkt gern

Dorotea hatte zuhause einen Pichelsteiner Wildschweintopf gekocht

Lorbeerblatt, Rosmarin, Thymian und Nelken waren in der Nacht durchgezogen und jetzt lag ihr herbstlich-winterlicher Duft intensiv in dem kleinen Raum. Mit Bedacht hatte Dorotea das Gericht ausgewählt. Würde Winter das Gekochte endlich einmal loben, nicht nur in sich hineinmümmeln und am Ende die zweite oder dritte Portion verlangen, so dass immer alles ratzeputz weggegessen war?

„Herr Doktor Winter", Dorotea klopfte wie jeden Mittag um 13.00 Uhr an die Tür zu Winters Büro, „die Mittagskleinigkeit wäre denn fertig."

Es dauerte eine geraume Weile, bis sich die Tür öffnete.

Winter trat näher und schnüffelte.

„Was riecht denn hier so merkwürdig? Interessant, doch, Frau Herbst.“

Dorotea antworte nichts. Sie setzte sich an ihre Seite des kleinen Tisches, wartete nicht, bis Winter „Na, dann wollen wir uns mal setzen, Frau Herbst“, gesagt hatte, sondern gab Winter den Wildschweintopf in seinem Teller auf.

Winter trat noch einmal mit dem rechten, dann mit dem linken Bein auf und nahm als zweiter am Tisch Platz.

Ein Gespräch wollte nicht in Gang kommen. Und das schien Winter nicht zu schmecken.

Während er sonst jeden Bissen mehrfach im Mund herumtransportierte, aß er heute mit Eile.

Irgendetwas arbeitete in ihm.

„Frau Herbst, Sie werden sich ja sicher schon gewundert haben, mit welcher Aufgabe ich in den letzten Wochen so intensiv beschäftigt gewesen bin. Nun, ich beabsichtige, meinen Tätigkeitsbereich in die Wirtschaft auszudehnen. Der Wirtschaft gehört ja die Gegenwart und die Zukunft, nicht wahr?“

Eine neue Idee

Winter holte tief Luft und schwieg. Er erwartete offensichtlich, dass Dorotea zumindest „Ach, wie interessant“, einwürfe, die Länge der ungewohnten Pause legte jedoch eher nahe, dass er „Ach, berichten Sie doch bitte einmal, Herr Doktor Winter“ bevorzugt hätte.

Dorotea blickte auf ihren Teller, schwieg.

Winter nahm sein Taschentuch, betupfte kurz seine Nase, legte das Taschentuch in seine Jackentasche zurück.

„Nun, ich beabsichtige, Unternehmen meine Hilfe in der Personalentwicklung anzubieten.

Wie fördert man seine Mitarbeiter, wie stellt man ein respektvolles Betriebsklima her, ja, und so weiter, was man bei seinen Mitarbeitern eben alles beachten muss."

Winter suchte triumphierend Doroteas Blick.

Warum versteckte Frau Herbst ihr Gesicht so plötzlich hinter der Papierserviette?

„Ach, wie erstaunlich, Herr Doktor Winter", warf sie ein, blickte auf die Uhr.

„Ja, da müssen wir wohl wieder mal, Herr Doktor!"

Dorotea wartete nicht auf eine Antwort, erhob sich und begann, den Tisch abzuräumen.

Nachdenken

Erstaunlich, hatte Frau Herbst gesagt.

Der Begriff war irgendwie wertneutral, aber irgendwie in diesem Zusammenhang auch negativ besetzt.

Erstaunlich, dachte Winter, dass sie das wagt. Ob sie sich über etwas geärgert hatte?

Vielleicht wollte sie für das Essen gelobt werden? Mein Gott, ich habe drei Portionen gegessen, das sprach doch wohl Bände!

Na ja, Weiber!

Ihm kam ein glänzender Einfall. Warum dachte er erst jetzt daran? Ein bisschen mehr Empirie in dem neuen Betätigungsfeld könnte ja nichts schaden.

„Es ist für den Arbeitgeber wichtig, die Lebenssituation des Mitarbeiters zu kennen und ihr entsprechend Rechnung zu tragen." Das hatte in der Kursbroschüre gestanden.

Er würde Frau Herbst zuhause besuchen. Natürlich aus rein beruflichem Interesse, und das würde er ihr auch vorher sagen, damit das klar war.

Winter faltete die Hände, stützte die Ellenbogen auf dem Schreibtisch auf und legte sein Gesicht auf die Hände. Dann schnaufte er zufrieden.

Pater Hansmann würde wohl gleich eintreffen.

Hermann war auf den Grund gespannt.

Pater Hansmann

Um Punkt drei Uhr klingelte es.

Dorotea drückte den Türöffnerknopf, zwei Minuten später stand Pater Hansmann vor der Tür.

Mensch, der ist aber noch fit, drei Treppen in zwei Minuten? Und sieht auch gut aus. Schade, dass der zölibatär lebt, so ein gut aussehender Mann.

„Herr Doktor Winter erwartet Sie, Pater Hansmann. Darf ich bitten?"

Mit einer Handbewegung wies sie zur Tür, klopfte, rief:

„Pater Hansmann, Herr Doktor Winter!"

„Herr Hansmann würde auch reichen, meine liebe, gnädige Frau", lachte der Gottesmann, verneigte sich leicht und verschwand mit Winter hinter der Tür.

Hinter der Tür

Winter hatte die Arme bereits wieder sinken lassen, die Hand von Pater Hansmann war schon geschüttelt und der Stuhl generös angewiesen.

Winter nahm selbst Platz.

Er schwieg, schaute Hansmann an.

Hansmann verstand den Wink und begann das Gespräch.

„Ja, lieber Doktor, da sitze ich nun quasi heute in Ihrem Beichtstuhl. Und Ihren Beichtstuhl sucht man auch nur auf, wenn das Problem ein bisschen größer ist. Ich will gleich zur Sache kommen. Sie kennen mich seit vielen, vielen Jahren. Mir waren die Regeln der Kirche immer wichtig, und ich habe sie willig befolgt. Eine kleine Ausnahme gab es – aber da war ich gerade am Anfang meines Priesteramtes. Und ich habe viel gebetet, und der gütige Gott hat mir sicher vergeben. Und jetzt, wo ich auf meinen sechzigsten Geburtstag zusteuere, lieber Doktor, habe ich mich verliebt, so nennt man das ja wohl! Meine neue Haushälterin! Sie ist nicht mal viel jünger, wenn Sie das vielleicht glauben, aber sie hat so etwas Weiches, Kuscheliges, dass ich mich in ihrer Gegenwart genauso wohl fühle wie im Schoß der Kirche. Und da kann ich so viel beten, wie ich will, der Versucher tritt jeden Tag hundert Mal an mich heran. Was ich mir in meinen sündigen Gedanken alles ausmale! Doktor, Sie haben in der Welt gelebt, Sie kennen diese Dinge, Sie sollen mir helfen, dass ich wieder vernünftig werde."

Ach, du dicke Scheiße, dachte Hermann, der hält mich für einen Experten in Liebesdingen! Wo meine

Erfahrung mit der Welt genauso zahlreich ist wie seine. Ich hab's doch auch nur grad vermieden, als Jungfrau zu sterben. Und ein Mal ist eben kein Mal!

Winter sagte:

„Ich fühle mich geehrt, Pater Hansmann, dass Sie mich mit einer so verantwortungsvollen Aufgabe betrauen wollen. Ich werde mich nach Kräften bemühen, Ihr Problem gemeinsam mit Ihnen zu lösen. Frau Herbst wird Ihnen für nächste Woche einen Termin geben."

Nun hätte Hansmann eigentlich aufstehen müssen. Tat er aber nicht, sondern fragte stattdessen:

„Sagen Sie mal, lieber Doktor, tritt denn nicht der Versucher auch jeden Tag an Sie heran? Ihre Frau Herbst da draußen, dass die schon achtzehn Jahre bei Ihnen arbeitet, alle Achtung, das sieht man ihr auch noch nicht an. Die hat ja noch eine Haut so prall wie ein Pfirsich. Und alles Pralle sitzt auch sonst an den richtigen Ecken."

Er erhob sich, sagte: „Behalten Sie Platz, lieber Doktor", und schloss die Tür hinter sich.

Vor der Tür

„Der Doktor meinte, Sie würden mir den Termin geben, Frau Herbst. Tragen Sie mich aber bitte erst für in drei Wochen ein, im Moment bin ich sehr beschäftigt!"

Mit einem verschmitzten Lächeln fügte er hinzu: „Und bei meinem Problem, da pressiert es mir auch nicht so, im Gegenteil!

Mit dem Terminkärtchen für den Freitag in drei Wochen winkte Hansmann Dorotea zu, rief „Schönes Wochenende, Frau Herbst!" und schloss die Praxistür.

Woher weiß der denn meinen Namen? Hier hängt doch nirgendwo ein Namensschild von mir. Der ist doch zum ersten Mal hier. Hatte Winter ihm von ihr erzählt?

Zweifel

Auch den Psychologen hatte der Gottesmann verwirrt zurückgelassen.

Er war in der Gemeinde zwar für seine unkonventionelle, lebenszugewandte Art und seine Liebe zu Rotwein bekannt, aber dass er der Verführung der Frauen unterliegen würde, das hätte Hermann von dem Hansmann nie und nimmer gedacht!

Und wie der über Frau Herbst gesprochen hatte!

Er schien sich sehr für sie zu interessieren, woher wusste er eigentlich ihren Namen?

Hatte er dem Pater schon einmal von ihr erzählt? Hatte er erwähnt, dass sie schon achtzehn Jahre bei ihm arbeitete? Er konnte sich beim besten Willen nicht mehr erinnern. Warum sollte er von ihr berichtet haben?

Ja, pralle, feste Haut hatte sie schon. Und barocker als Frau Obstmann war sie auch nicht, eher wohl ein bisschen schlanker. Und das mit den richtigen Stellen, wenn man sich's genau überlegte – bei dem Gedanken musste Hermann grinsen – da war schon etwas dran. Vielleicht war seine Modellierung von Frau Herbst als Dorothy gar nicht so realistisch. Vielleicht hatte er auf einer unvollständigen Datenbasis einen Fehler dabei gemacht? Er würde um 16.30 Uhr mal ein bisschen darauf achten. Er hörte Dorothy – der Name war ihm doch wieder in den Kopf geschlüpft – draußen vor der Tür werkeln. So eine Tasse oder auch zwei Tassen Tee zum Schluss des Arbeitstages war beziehungsweise waren eine gute Sache.

Nachmittagstee

Dorotea hatte heute auch für sich Tee gemacht. Sie war irgendwie nervös, und aufgebracht, und Kaffee oben drauf würde wieder zu schlechtem Schlaf führen.

Dorotea klopfte an die Tür. „Herr Doktor Winter, 16.30 Uhr, der Tee wäre jetzt fertig!"

Sie wartete nicht auf die Platzanweisung, sondern setzte sich hin.

Ein bisschen dauerte es, bis Winter aus der Tür trat.

Er schaute sich um und entdeckte Dorotea schon am Tisch.

„Ach, Sie haben es sich schon ohne mich gemütlich gemacht."

„Ja, es sitzt sich heute wieder besonders komfortabel auf den alten Klappstühlen", entfuhr es Dorotea. Sie blickte Hermann von unten an.

„Na, na, Frau Herbst, heute machen Sie Ihrem Namen, meinem Gedankennamen für Sie, aber alle Ehre. Das wollte ich Ihnen doch immer schon mal erzählen."

Er blickte auf Doroteas Tasse, entdeckte weder auf dem Tisch noch in der Kaffeemaschine eine Kaffee-gefüllte Kanne und fragte: „Trinken Sie heute von meinem Tee, Frau Herbst? Wird der denn für uns beide reichen?"

Ein Blick auf die Teekanne beruhigte ihn anscheinend und so fuhr er fort:

„Ja, um auf meine vorigen Ausführungen zurück zu kommen, ich habe mir für Sie einen Gedankennamen ausgedacht. Sie sind sicher gespannt, was ein Gedankenname bedeutet. Nun ja, ich nenne sie in Gedanken nicht Fräulein oder Frau Herbst oder möglicherweise auch Dorotea, in meinen Gedanken sind Sie Dorothy! Um Sie nicht zu sehr auf die Folter zu spannen: Ich schaue mir manchmal im Fernsehen die Serie „Golden girls" an, das ist so eine Wohngemeinschaft von alternden Frauen, die alle einige Macken haben. Und eine davon heißt Dorothy!"

Seine Erläuterungen schloss er mit einem gurgelnden ‚ha-ha-ha' ab.

Dorotea schaute zur Uhr.

Länger am Tisch zu sitzen, war nach diesen Bemerkungen nicht mehr sinnvoll. Die Laune war eh zum Teufel.

„Herr Doktor Winter, ich muss mich jetzt beeilen, sonst verpasse ich den Bus. Darf ich um Ihre Tasse bitten?"

„Ach, wie schade, ich hätte gern noch ein wenig mit Ihnen geplaudert", sagte Winter und reichte Dorotea seine halbvolle letzte Tasse Tee.

Er ging in Richtung seines Zimmers und überließ Dorotea den Abwasch.

Nachgedanken

Warum musste ich ihr das erzählen? Ich bin ein hirnverblödeter Hornochse. Mama hatte immer gesagt, „Die schlimmsten Sachen sind die, die du dir selber machst!", was so viel heißen sollte wie: Wenn du dein Problem auch noch selbst heraufbeschworen hast, und das ohne die geringste Notwendigkeit, dann ärgerst du dich am meisten.

Genauso war es jetzt.

Hatte er nach Hansmanns Äußerungen nicht überprüfen wollen, ob sein Modell von Frau Herbst realistisch war? Stattdessen hatte er sie augenscheinlich verletzt, sie hatte heute schon zwei Mal unerwartet schroff reagiert.

Warum sie beleidigt war, konnte er nicht so ganz nachvollziehen. Es stand ja wohl außer Frage, dass sie eine alternde Frau war, und was Wahrheit ist, konnte man ja wohl auch sagen.

Ach, Weiber!

Heute Abend zuhause konnten ihm alle Weiber dieser Welt wieder gestohlen bleiben. Er würde machen, was er wollte und niemandem Rechenschaft darüber ablegen müssen, auch Dorotea nicht.

Aufräumen

Dorotea hätte die Tassen am liebsten gegen die Wand geworfen. Aber das traute sie sich doch nicht.

Stattdessen machte sie beim Abwaschen und Einräumen so viel Krach wie möglich.

Den Tisch klappte sie nicht an die Wand, sollte er doch mal sehen, wie das Gegenteil von Perfektion aussieht. Mit Schwung zog sie den Mantel an und knallte die Tür ins Schloss.

Tür zu

Winter ließ in seinem Zimmer den Rollladen herunter, schloss seine Tür, ließ den Rollladen in Doroteas Zimmer herunter, dann sah er den Tisch.

Sie wird wohl in die Wechseljahre kommen, dachte Hermann, sie muss ja irgendwie hormonell fehlgesteuert sein, wenn sich ihr Verhalten so plötzlich verändert. Vielleicht sollte ich sie einmal darauf ansprechen.

Er zog die Tür zu und schloss ab.

Doroteas Wochenende

Freitagabend

Das Türknallen hatte Dorotea etwas erleichtert. Andererseits ärgerte sie sich auch schon, dass ihre stoische Gelassenheit sie kurzzeitig verlassen hatte. Mein Gott, sie hatte doch sonst im Dienst immer die Ruhe weg!

Es hatte etwas geschneit. Auf den Dächern lagen ein paar Puderzuckerschneeflocken.

Das schönste am Winter war die warme Wohnung. Und dass jemand auf dich wartete.

Katzenhund würde auf dem Briefkasten sitzen, sie mit ihrem „Ich-will-jetzt-was-Gutes-zu-fressen-und-danach-will-ich-spielen"-Blick anschauen und nach der ersten bis fünften Streicheleinheit anfangen zu schnurren.

Vor ihr im Bus saß ein Paar. Der Mann hatte seinen Arm um die Schulter der Frau gelegt, ab und zu flüsterte er ihr etwas ins Ohr und sie lachten. Das Pärchen stieg mit ihr aus. Der Mann nahm die Hand der Frau und sie schlenderten vor Dorotea die Straße entlang, bis sie im Kaufhaus verschwanden.

Nach fünf Minuten Fußweg war Dorotea an ihrem Wohnblock angelangt.

Als sie die Wohnungstür aufschloss, war Katzenhund nicht zu sehen.

Vielleicht deshalb oder wegen der Schneeflocken überfiel sie der Schatten heute früher als sonst. Meistens war es nur ein Gefühl, dass etwas nicht richtig war, was sie beklemmte. Heute stieg der Schmerz von Hals und Brust in das Gesicht und blieb dort stecken. Papa hatte nach einigen Jahren gesagt, dass ihr Verhalten und Empfinden einfach nur albern wäre.

Nach dem Abendessen würde sie etwas Klavier spielen, Grieg, ‚Hemve‘, das konnte sie noch nicht so gut.

Und beim Klavierspielen war Traurigsein auch gar nicht so schlimm.

Samstag

Dorotea hatte schlecht geschlafen.

Sie war mit dem Frühstück etwas spät dran. Sie musste noch einkaufen, die Hausarbeit erledigen. Trotzdem - Zeitung lesen am Samstagmorgen, das musste sein.

Im Lokalteil fiel ihr Blick auf die Ankündigung einer Andacht in der städtischen Klinik. Man wolle, so erläuterte der Artikel, im letzten Monat des Jahres den Eltern, die ihr Kind schon als Fötus verloren hätten, Gelegenheit zum gemeinsamen Abschied und Gedenken geben.

Es war doch schon so lange her. Eigentlich konnte das doch gar nicht mehr der Grund für den Schatten sein. Aber der war nun einmal immer noch da. Sie würde am Nachmittag dorthin gehen, auch wenn es vielleicht albern aussehen würde, eine Frau jenseits der fünfzig inmitten junger Eltern.

Sie musste vom Einkaufen direkt zur Klinik fahren. Ihr Einkaufstrolley war schwer beladen, Dorotea hatte sich eine Sonnenbrille aufgesetzt und ein Kopftuch umgebunden, im Andachtsraum musste sie Bril-

148

le und Kopftuch abnehmen. Außer ihr war nur noch ein junges Paar erschienen. Der Mann hatte die Hand seiner Frau genommen, sie setzten sich in die Reihe vor Dorotea.

Während der Andacht musste Dorotea immer wieder auf die Frau schauen, von den Worten des Geistlichen nahm sie kaum etwas wahr. Der Segen am Ende berührte sie, für ein paar Augenblicke fühlte sie sich mit ihrem Mädchen verbunden, und es bereitete ihr keinen Schmerz.

Auf dem Rückweg zur Wohnung weinte Dorotea hinter der Sonnenbrille, aber sie wusste nicht genau, warum.

Für den Samstagabend hatte Dorotea eine gute Strategie entwickelt. Man machte sich einen Plan, für die Aktivitäten, die Fernsehsendungen.

Sie deckte den Tisch, stellte Katzenhund, der schon wieder verschwunden war, neues Futter hin und holte die Fernsehzeitung. Nichts Schweres, nichts Anspruchsvolles, Ablenkung, keine Anregung. Vielleicht noch mal Klavier spielen. Sie schrieb die Sendungen und die Sender auf einen Notizzettel und begann ihr Abendessen.

„Du solltest deinen Appetit etwas zügeln, liebe Dorotea. Die Männer heute bevorzugen eher den schlanken Typ, da hast du so, wie du jetzt aussiehst, schlechte Karten", hatte Papa zu ihr gesagt und Mama hatte die rechte Hand über die linke gekrallt, so dass die Knöchel weiß waren. Das war ein paar Jahre danach gewesen, Mama hatte geschwiegen und Dorotea auch.

Papa hatte eigentlich Recht gehabt, klar hätte sie dafür sorgen müssen, dass sie schlanker war. Aber essen hatte ihr immer Spaß gemacht. „Frustfressen", nannte Papa das.

Dorotea ließ es bei einem Butterbrot bewenden. Zum Klavierspielen hatten sie keine Lust mehr. Sie legte sich aufs Sofa, deckte sich mit der Sofadecke zu und schaltete den Fernseher ein.

Um halb zwölf wachte sie auf. Katzenhund war auf ihren Bauch gesprungen und guckte sie erwartungsvoll an.

„Na, mein Schnuppelchen, schön, dass du endlich da bist. Heute Nacht schläfst du bei Frauchen, wir machen es uns ganz gemütlich! Und wir zwei beiden essen jetzt noch was Schönes. Frauchen hat nämlich furchtbar Hunger und was der Papa gesagt hat, ist ihr schnurzpiepegal, weil sowieso niemand guckt!"

Sie nahm Katzenhund auf den Arm, schüttete ihm ein paar ‚Dreamies' in sein Schüsselchen, nahm sich zwei Sahnejoghurt aus dem Kühlschrank und aß.

Sie schaltete den Fernseher und das Licht aus, rief „Katzenhund, komm mit, Frauchen geht ins Heiabettchen!", worauf Katzenhund sein Fressen beendete und mit hoch aufgerichtetem Schwanz hinter Frauchen her stolzierte.

Sonntag

Am Sonntag schlief Dorotea immer aus.

Katzenhund lag nicht mehr im Bett, sondern war anscheinend durch die Klappe zur Mäusejagd verschwunden.

„Wenn ich so was Interessantes zu tun hätte, würde ich auch aus dem Bett springen." Dorotea hatte wieder mit sich selbst gesprochen.

Stattdessen Kleidung waschen, falten und den Rest bügeln. Aber Musik hören würde sie heute!

Wenn Papa sie bei „ihrer" Musik erwischt hatte, hatte er nur immer den Kopf geschüttelt:

„Doro, weißt du eigentlich, dass du deine Trauer festhältst, wie einen Klumpen Gold. Aber es ist ein Mühlstein, mein liebes Kind."

Jedes Mal, wenn sie ihre Musik hören wollte, fiel ihr Papas Spruch ein.

Sie hatte sich das LP-Album als CD besorgt, sofort, nachdem es erschienen war. Den alten Plattenspieler hatte sie nicht mehr. Die CD-Version hieß auch „Double Fantasy". Sie stellte den richtigen Track ein und summte den Text mit:

Woman,
I can hardly express
My mixed emotions and my thoughtlessness
After all, I'm forever in your debt.
And woman, I will try to express
My inner feelings and my thankfulness
For showing me the meaning of success.
Oh well …

Woman,
I know you understand
The little child inside a man
Please remember, my life is in your hands
And woman, hold me close to your heart
However distant, don't keep us apart
After all it is written in the stars.
Oh well...

Woman,
Please let me explain
I never meant to cause you sorrow or pain
So let me tell you again and again and again
I love you, yeah, yeah, yeah, now and forever ...

Winter hatte auch so eine Lennon-Brille wie Richard. Und so schlaksig war er auch.

Richard hatte sie im Plattenladen kennen gelernt. 1979 war das gewesen, im Dezember. Er wollte ebenfalls das neue Album „Double Fantasy" von John Lennon kaufen. Sie hatte ihm geholfen, sich verständlich zu machen, er sprach nicht besonders gut deutsch.

Er hatte sich überschwänglich bedankt und darauf bestanden, sie zu einer Tasse Kaffee einzuladen.

Warum nicht, hatte sie gedacht. Er hatte ihr vom ersten Augenblick an gefallen.

Er war Soldat in der US Army, Air Force. Aber er wollte nicht viel darüber erzählen.

Als sie ihn nach seinem Namen gefragt hatte, hatte er zunächst noch einmal „Richard" wiederholt, sie hatte nichts gesagt und ihn angeblickt, bis er nach einem Zögern „Walker, Richard Walker" hinzugefügt hatte.

Dorotea drückte noch einmal den Track für „Woman".

Sie würde heute Abend nicht für Winter kochen, sollte er doch sehen, woher er morgen sein Futter bekam. Sie war kein Kochautomat. Und auch kein Schreibautomat, das würde sie ihm schon noch zeigen.

Dorotea zog sich mit Schwung den Mantel an.

Sie würde heute lange spazieren gehen und am Abend zusammen mit Katzenhund vor der Glotze sitzen.

Hermanns Wochenende

Freitagabend

Das erste Gefühl, das Hermann überfiel, als er seine Wohnung betrat, war Wut. Wut auf sich selbst, und die war die schlimmste.

Es war affen- und schweinskalt in seiner Wohnung. Wie jeden Morgen hatte er die Heizkörper heruntergedreht, um von den immer weiter galoppierenden Heizkosten herunter zu kommen. Aber er hatte des Guten zu viel getan und draußen war es eben zu kalt.

Also ließ er Hut und Mantel an, drehte den Heizkörper in der Küche und im Wohnzimmer hoch – den Heizkörper im Schlafzimmer drehte er immer erst auf, wenn er sich im Bad für die Nacht fertig machte – und begann zu rennen. Immer den gleichen Weg: Von der Küche ins Wohnzimmer und zurück. Bewegung ließ einen warm werden.

Er hatte noch zwei Stunden, bis er die Wohnung für seinen Lyrikabend verlassen musste. Er hatte sich drei Burger mitgebracht. Am Wochenende ließ er es immer so richtig krachen. Selbst seine Gedanken waren dann ein bisschen unflätig. Er würde nicht einen kleinen Happen essen, so wie in der Praxis, nein, drei Burger würde er hintereinander wegfressen und sich dabei wohlfühlen wie eine Sau! Und falls die drei Burger mit Zwiebeln und Ketchup sich zu Wort melden sollten, würde er nicht das Badezimmer aufsuchen, oh nein, er würde sich hier, mitten in seinem Wohnzimmer, seiner Flatulenz entledigen!

Aufwärmen, Essen und die Folgen waren nach einer guten halben Stunde erledigt. Hermann hatte noch eineinhalb Stunden Zeit. Scheiße, er hatte den Heizkörper im Bad vergessen. Das würde jetzt noch einmal zehn Minuten fressen. Vater hatte auch oft „Scheiße" gesagt Hermann rutschte das Wort sogar manchmal in der Praxis in seine Gedanken. Mama hatte Papa bei „Scheiße" immer missbilligend angeguckt, aber Scheiße, was interessierten einen die Weiber!

Da war es wieder, das Wort! Seit heute Morgen hatte er, Hermann Winter, drei Mal statt Frau Weib, statt Frauen Weiber gedacht. Was war der Grund dafür? Es war politisch auch nicht korrekt. Er hielt sehr viel von der Gleichberechtigung der Frauen. Wenn auch, das musste er gestehen, manchmal unbeabsichtigt Gedanken durch seinen Kopf huschten, in denen er sich von Dienerinnen, oder gar Sklavinnen, umsorgen und verwöhnen ließ. Aber das waren ja Signale eines Unterbewusstseins, für die man nicht verantwortlich war und die natürlich mit der Ratio sofort entsprechend bearbeitet wurden.

Trotzdem, er würde sich in der nächsten Zeit intensiv beobachten und eine aussagefähige Selbstanalyse erstellen müssen!

Das Badewannenwasser war weich, heiß und kuschelig. Hermann tauchte hinab in seinen Schoß und überließ sich der Woge von Wärme und Geborgensein. Nie wieder auftauchen, für immer hier stecken bleiben, das wär's, dachte Hermann. Ein Blick auf den

Wecker, den er am Badewannenrand postiert hatte, zeigte ihm jedoch, dass der Spaß vorbei war.

Im Schlafzimmer konsultierte Hermann seinen Ganzkörperspiegel.

Doch, breite Schultern hatte er, trotz seiner Schlankheit. Aber der Arsch, und erst die Beine! Die hatten sich verändert. Scheiße, er würde den veränderten Gegebenheiten Rechnung tragen müssen. Die Bundfaltenhose, die neue, die weit geschnitten war, das würde die mangelnde Knackigkeit verhüllen. Heute Abend, wo Miss Joy wieder mitkam! Was für ein Weib! Ob sie wohl mit dem Magister Feuerbach poussierte? Dann wollte er sich nicht einmischen, ältere Rechte würde er beachten. Als gestandener Mann mit eigener Praxis hatte er ja vielleicht durchaus Chancen, es wurde endlich Zeit. Er war vierundfünfzig!

Hermann prüfte noch einmal sein Outfit vor dem Garderobenspiegel. Er zog seine Haare ein bisschen ins Gesicht, die Lennon-Nickelbrille stand ihm doch wirklich gut. Er warf den Mantel über und verließ die Wohnung.

Rudis Dachgeschoss

Die Saukälte auf dem Weg zum Vereinslokal ‚Rudis Dachgeschoss' konnte Hermann nichts anhaben. Ein bis zwei Glückswogen pro fünf Minuten durchdrangen seinen Körper, so enthusiasmiert war er, zuvörderst durch das genommene Bad, des Weiteren durch seine angenehmen Gedanken: Was würde Miss Joy heute anhaben? Wieder den kurzen Rock vom letzten Mal, wo man ihre fantastischen, langen, schlanken, wohlgeformten Beine bis oben verfolgen konnte? Würde sie ihre herrlichen langen blonden Haare, in die man sich verkriechen mochte, wieder offen tragen? Würden ihre vollen roten Lippen einen wieder einsaugen in ihr wundervolles, schönes, junges, verführerisches Gesicht?

Winter war am Vereinslokal angekommen. Vor dem Eingang standen, eng umschlungen, heftig schnäbelnd, Miss Joy und Magister Feuerbach.

So, that's that, dachte Winter und grüßte mit „Einen schönen guten Abend!". Und dann gingen Winter, Miss Joy und Feuerbach hinein.

Am Tisch saßen schon Herr Professor Kern, ein Pharmakologe und Frau Doktor Minna Mandel, eine freiberufliche Germanistin, was immer das auch praktisch bedeuten mochte.

Winter zog den Stuhl für Miss Joy hervor und wartete, bis sie sich gesetzt hatte. Feuerbach hatte sich sofort auf seinen Platz fallen lassen. Erst jetzt nahm Winter Platz.

Nachdem man bei Rudi bestellt hatte, Chai-Tee für Professor Kern, bitte sehr heiß, eine Pfirsich-Schorle für Frau Doktor Mandel, Calvados und eine Flasche Mineralwasser con gas für Magister Feuerbach, ein Viertel Rotwein für Miss Joy und ein Glas

Weißwein für Doktor Winter, dazu hatte er sich hin-
reißen lassen, trat das gewohnte Schweigen ein.

Die Regularien bestimmten nur, dass man den
Beitrag eines Clubmitglieds zunächst lobend kritisieren müsse, die Sitzungsleitungsfrage wie auch die
Clubleitungsfrage wurde zwar jedes Mal offenbar,
war aber aufgrund der Grundsätze wie „Wir sind alle
gleich" und „Autorität kann nur fachlich begründet
sein" seit zehn Jahren jedes Mal auf die nächste Sitzung vertagt worden.

Magister Feuerbach hatte den ersten Calvados
ausgetrunken, den zweiten bestellt und die Hand auf
Miss Joy's Knie gelegt, was nicht alle sahen, Winter
aber doch, der neben Miss Joy zu sitzen gekommen
war.

Miss Joy und Feuerbach blickten sich an, Feuerbach rückte näher. Frau Doktor Mandel, die gegenüber von Winter saß, errötete.

Steht ihr gut, dachte Winter.

Schlanker Typ, intellektuell, mit der schwarzen
Brille. Winter lächelte, Frau Doktor Mandel erwiderte
den Blick, lächelte zurück.

Professor Kern hatte seinen Chai-Tee beendet.

„Nun, liebe Freunde, mir als dem Senior der heutigen Runde steht es ja durchaus gut an, die Sitzung
c.t. zu eröffnen. Wir haben uns heute kein Thema
gewählt, die Beiträge sind frei. Ich muss zu meiner
Schande gestehen, dass ich heute keinen literari-
schen Beitrag leisten kann. Ich war in den vergangenen Wochen sehr beschäftigt. Allerdings dürfte Sie
mein Erlebnis in Paderborn, welches ich letzte Woche

beim Pharmakologenkongress gehabt habe, auch interessieren."

Winter wusste, dass die nächsten fünfzehn Minuten von diesem interessanten Ereignis auf dem Pharmakologenkongress in Paderborn besetzt sein würden. Er blickte Frau Doktor Mandel an.

Wenn er hinter ihre Brille schauen könnte! Ihr Gesicht, nackt vor ihm, und dann, ein Kuss auf ihre Lippen und die schlanke Gestalt an sich gerissen und …

Professor Kern hatte seinen Vortrag beendet.

„Ich darf jetzt das Wort an die mir im Uhrzeigersinn zunächst Sitzende weitergeben. Frau Doktor Mandel!"

Frau Doktor Mandel rückte ihre Brille zurecht.

„ Liebe Freunde, ich wage heute etwas, wozu ich mich sehr spontan entschlossen habe. Ein Gedicht über die Liebe!"

Die Liebe
seltsam Gebilde
Die Triebe
Sind es, wilde
Die uns hetzen
Die uns verletzen
Wenn wir uns benetzen
Wenn wir uns fetzen!

Die Liebe
Die Triebe
Seltsam Gebild!

Frau Doktor Mandel legte ihr Blatt beiseite. Sie nahm ihre Brille ab. Und da wusste Hermann, was Mama mit Ziege und Kuh im Alter gemeint hatte.

„Hermann, wenn du eine ältere Frau nimmst, kannst du nur zwischen einer Ziege und einer Kuh wählen: Die Ziege ist schlank und faltig und die Kuh ist dick und prall. Da musst du halt sehen, was dir besser gefällt."

Als Frau Doktor Mandel nach ihrem Vortrag zu Hermann blickte, schaute er auf sein Blatt. Die Entscheidung war gefällt.

Magister Feuerbach, der während der Sitzung erklärt hatte, dass er nicht seinen Magister, sondern seinen Master erlangt habe, als auch Miss Joy hatten aufgrund beruflicher Überlastung keine Texte vorbereitet, so dass Hermann seinen Dreizeiler ebenfalls nicht für angebracht hielt und zurückzog.

Erneut trat Schweigen ein.

Miss Joy meldete sich, da es aber keinen Sitzungsleiter gab, nahm sie auch niemand dran. Sie ließ den Arm sinken und, nach einem langen Blick auf jeden in der Runde, entschuldigte sie sich für den weiteren Abend. Am heutigen langen Öffnungstag der Geschäfte wolle sie noch Weihnachtsgeschenke besorgen, sie sei nämlich außerordentlich, das wolle sie noch einmal betonen, überlastet. Mit einem besonders langen Blick auf Winter wollte sie wissen, ob sie denn am Montag einmal in der Praxis vorbeischauen dürfe. Winter konnte dieses bejahen und Miss Joy verließ den Raum. Minna Mandel, der seit ihrem Vortrag offensichtlich so heiß war, dass sie ständig mit dem Taschentuch über ihre Stirn fahren musste, murmelte etwas von „Ich muss leider auch gehen" und eilte wie ein aufgescheuchter Vogel hinaus.

Winter ahnte den Grund, bedauerte ihn auch zutiefst, aber nun ja. Kismet.

Hermann hatte schon überlegt, ob er das Lokal nicht auch verlassen sollte. Aber andererseits, was sollte man mit dem angebrochenen Abend anfangen?

Professor Kern hatte sich diese Frage wohl nicht gestellt, denn mit sichtbarem Vergnügen winkte er Rudi an den Tisch, bestellte einen doppelstöckigen Whiskey und versuchte, Rudi zu bestechen:

„Rudi, hier sind doch keine anderen Gäste mehr, was halten Sie von einer wunderbaren dicken fetten Zigarre für den alten Kern? Und für die beiden anderen Herren auch!"

Rudis Dachgeschoss war tatsächlich wie leergefegt.

Also holte Rudi die drei Zigarren und gab den Herren Feuer.

„Ich als Senior in unserer Runde hätte ein Spiel vorzuschlagen. Wie wäre es einmal mit Länderraten und gleichzeitig Dichterraten. Ich will Ihnen das Spiel gern erklären. Ein Clubmitglied sagt ein Sprichwort auf, und die Teilnehmer müssen raten: Hat der Aufsager das Sprichwort selbst erdichtet, hat er es irgendwo abgeschrieben, und wenn ja, in welchem Land ist es entstanden. Das klingt komplizierter, meine Herren, als es ist. Wir könnten das Spiel ja einmal ausprobieren, dann würden Sie den Ablauf sicher sofort verstehen. Sind Sie einverstanden, dass ich beginne?"

Winter und Feuerbach nickten hinter ihrem Zigarrenrauch, Professor Kern schmunzelte zufrieden und begann:

„Bist du freundlich zum Sklaven,
wird er dir bald den Hintern zeigen."

Kern lehnte sich auf seinem Stuhl zurück.

„Nun, liebe Freunde, dann lösen Sie mal!"

Er deutete auf Doktor Winter.

„Lieber Professor, da haben Sie uns ja eine harte Nuss zum Knacken mitgebracht, das muss ich schon sagen. Aber", Winter pausierte, „ich denke, das Sprichwort ist nicht von Ihnen ersonnen und es kommt – erneute Pause – aus den USA!"

„Wie immer klug kombiniert, aber, lieber Freund, nicht richtig. Leider!

Nun Sie, Feuerbach! Ran an die Buletten!"

Master Feuerbach wiegte seinen Kopf hin und her.

„ Ich denke, Sie haben das Sprichwort irgendwo entnommen!"

„Richtig, mein Lieber", entgegnete Kern zufrieden.

„Und nun Teil zwei der Aufgabe!"

„Was nun das Herkunftsland betrifft, denke ich, es könnte aus Deutschland sein."

„Aber lieber Feuerbach, selbst ich als Pharmakologe weiß doch, dass es in Deutschland – höchstens vielleicht bei den alten Germanen, aber die haben doch keine schriftlichen Aufzeichnungen von Sprichwörtern hinterlassen, mein Freund – keine Sklaverei und item auch keine Sklaven gegeben hat. Im Deutschen Reich gab es Leib-eigene, aber eben keine Sklaven! Die Auflösung ist: Das Sprichwort kommt aus Afrika!"

Hier musste Winter denn doch einhaken.

„Lieber Professor, Afrika ist ein Kontinent, wir haben davon sieben, Afrika ist also kein Land, Länder gibt es ja viel mehr als Kontinente, und deshalb habe ich die Aufgabe also gar nicht lösen können! Verzeihen Sie, aber das gehörte richtig gestellt!"

Winter lehnte sich zurück, Kern schien etwas verstimmt und bestellte noch einen Whiskey, Feuerbach, der sich bei der Aufgabe ziemlich blamiert hatte, schwieg.

Um die Laune wieder anzuheben, meldete sich Winter nach einer Pause zu Wort.

„Was halten Sie davon, wenn wir unser Dichterratespiel ein wenig variieren? Ich resümiere noch einmal die Regeln: Die Clubteilnehmer müssen raten, ob das Gedicht oder der Vers von einem Dichter oder dem Clubteilnehmer ist. Soweit, so gut. Das Neue wäre heute, dass ich ein Gedicht vorstelle und Sie, über die Frage hinaus, ob es sich um ein Gedicht von mir oder von einem anderen Dichter verfasstes, handelt, in kreativer Manier die letzte Zeile ergänzen müssten. Am Ende würde ich dann das vollständige Gedicht vortragen, den Schöpfer verraten und Sie als Teilnehmer könnten Ihre Lösungen vergleichen und evaluieren. Was halten Sie davon?"

„Ein wunderbarer Vorschlag", entgegnete Kern generös.

„Dann legen Sie doch mal los, lieber Winter!"

Hermann stand auf, blickte Kern und Feuerbach an, hob die Arme und begann zu deklamieren:

„ Es sprach der Philosoph:
Mein Gott!"

Es setzte sich wieder hin, Kern und Feuerbach notierten sich beide Zeilen auf ihrem Zettel, Feuerbach bat um eine Bedenkzeit von drei plus Minuten und Winter war gespannt.

Noch vor Ablauf der drei Minuten meldete sich Feuerbach, ließ mangels eines Diskussionsleiters den Arm schnell wieder sinken und sagte stattdessen:

„Falls niemand etwas einzuwenden hat, würde ich gerne beginnen."

Sein großer Kopf mit der langhaarigen Philosophenmähne wankte hin und her.

„Ich muss allerdings, das kann ich nicht verhehlen, zunächst etwas ganz Grundsätzliches konstatieren. Nun", fuhr Feuerbach fort, „in dem vorgeschlagenen Spiel verbirgt sich ein gravierender Denkfehler, sozusagen ein unwissenschaftliches Vorgehen."

Das saß! Wenn es an Hermanns wissenschaftliche Reputation ging, da verstand er keinen Spaß!

„Wie kann ich denn, ex ante sozusagen, eine Hypothese darüber formulieren, wer ein Gedicht geschrieben respektive gedichtet haben mag? Ich kenne ja das Werk nicht zur Gänze, eine Hypothese würde also immer Stückwerk bleiben.

Trotzdem, meine Herren, unter Kenntnis der wichtigsten abendländischen Literatur scheint mir der Gedichtanfang mit „Es sprach…" auf Goethe hinzuweisen. Und damit verbietet es sich für mich, dem großen Meister nacheifern zu wollen und eine eigene Zeile zu seinem Werk zu formulieren."

Feuerbach nickte. Sein Haar fiel ihm noch etwas mehr als gewöhnlich vor die Augen. Er strich es mit großer Geste zurück.

Was kümmert es den Mond, wenn ihn die Hunde anbellen, tröstete sich Hermann und schaute, ohne etwas zu entgegnen, Kern an.

Der war nun allerdings, wie Hermann kurze Zeit später befriedigt feststellen durfte, ganz anderer Meinung.

„Also, als der Senior in dieser Runde, darf ich Ihnen, mein junger Freund, doch energisch entgegentreten.

Sie haben Ihren Untersuchungsbereich nicht ausreichend analysiert und ihn dann falsch eingegrenzt und definiert.

Wir befinden uns hier ja nicht im Bereich der Wissenschaft, sondern der sozialen Interaktion mittels eines Spiels. Und da, lieber Freund, ist Kreativität – und wenn ich so sagen darf, auch Toleranz – gefragt.

Ich würde dann gerne lösen, Herr Winter?

Hermann nickte bestätigend und lächelte.

„Also, ich glaube, dass das Gedicht von Ihnen ist, und meine eigene Zeile lautet: Was ist der doof!"

Als Winter aufgrund der damit religiös politisch höchst unkorrekten Botschaft peinlich berührt schwieg und Kerns Blick auswich, fügte der Professor hinzu:

„Natürlich war das keine religiös gemeinte Anspielung, die irgendjemanden verletzen sollte, mich hat nur der Reiz des Reims verlockt!

Aber, Winter, nun mal ran an die Buletten! Wie lautet das Gedicht denn wirklich und haben Sie es selbst verfasst?"

Hermann war es jetzt noch etwas heißer geworden als vorhin Frau Doktor Mandel. Um Zeit zu gewinnen, zog er sein Taschentuch aus dem Jackett und wischte sich die Stirn ab. Zurück konnte er jetzt nicht mehr. Und so spontan fiel ihm auch keine andere Zeile ein, die eine erneute politische Inkorrektheit vermeiden würde, er war ja gar nicht auf diesen Verlauf vorbereitet gewesen. Augen zu und durch, das hatte Vater in solchen Situationen immer gesagt.

Er stand auf, hob die Arme und deklamierte:

„Hermann Winter:

Es sprach der Philosoph

Mein Gott!

Sind Weiber doof!"

Augenblicklich brach Kern in lautes Gelächter aus, schlug sich vor Vergnügen auf seine Oberschenkel, Feuerbach wagte nichts anderes und lächelte mit.

Kern winkte Rudi heran, bestellte noch drei Whiskey und von seinem Erfolg befriedigt ging Hermann um 22.00 Uhr nachhause.

Nach- und zuhause

Während des Nachhausewegs hatte Hermanns Hochgefühl noch etwas angehalten.

Als er jetzt seine Wohnung betrat, machte dieses Gefühl schnell einer gewissen Verärgerung Platz. In der Wohnung war es viel zu warm, er hatte unnötig geheizt, etwa sechs Euro hatte ihn das gekostet.

Darüber hinaus plagte ihn das schlechte Gewissen. Wie boshaft hatte er heute über Frauen gesprochen. Und welcher Teufel hatte ihn gestern geritten, Frau Herbst seinen Vers vorzutragen? Überhaupt, warum waren ihm Frauen in der letzten Zeit zu Weibern geworden, das musste er endlich herausbekommen.

Vater hatte, je länger Hermanns Junggesellendasein andauerte, Erklärungen parat gehabt:

„Du bist ein Angsthase, mein Lieber. Dir sind Frauen zu stark. Kein Wunder, bei der Mutter. Aber es gibt doch auch zartere Wesen, glaube mir!"

Hermann hatte diese Zartheit leider in seinem Leben nicht erfahren.

Mit Schaudern erinnerte er sich an das erste Mal.

Tamina hatte ihm eigentlich gar nicht so gut gefallen, er wollte nur endlich seine Unschuld loswerden. Er hatte ihr Gedichte geschrieben, in denen er ihre Schönheit besang, und da das sonst niemand tat, erhörte sie ihn.

Nachdem es vollbracht war, gab sie ihm zum Abschied einen Kuss auf die Stirn und sagte:

„Hermann, Gedichte schreiben kannst du besser!"

So that's that, hatte er gedacht und sich fürchterlich geschämt.

Man hätte es ja besser lernen können, dachte er, aber es war irgendwie nie dazu gekommen.

Mama hatte zu dem Thema immer gesagt: „Du liebst halt die Wissenschaft und die schönen Künste, Hermann, das sind deine Bräute."

Und mit einem Blick auf Vater hatte sie hinzugefügt:

„Es kann ja auf der Welt nicht nur Karnickelböcke geben."

Ja, und so war er ein unerfahrener Jüngling geblieben, obwohl er inzwischen vierundfünfzig war.

Und jetzt? Jetzt bezeichnete er Frauen in seinen Gedanken als Weiber! Ob er der Fuchs mit den sauren Trauben war?

Warum träumte er von Miss Joy's langen Beinen und hätte beinahe Frau Mandel geküsst?

Wie sollte er Hansmann helfen, ihm fehlte jede Empirie.

Hermann knipste das Licht aus.

Samstag
Zur Nacht

Große Leiber schweben, rasen auf Hermann zu. Männliche, weibliche, Hermann kann es nicht erkennen. Sie stellen sich in Reihe auf, sie zeigen ihre gleißend weißen Hintern. Sie tanzen, allein, vereint, oben, unten, dann lösen sie sich in weißem Rauch auf.

Morgen

Hermann hatte die Kombination aus Zigarre, Wein und Whiskey nicht vertragen.

Er fühlte sich zerschlagen, obwohl sein Wecker zehn Uhr zeigte.

Ein Königreich für eine Tasse Kaffee!

Zuhause hatte Mama immer Kaffee gemacht und Hermann hatte sich an den gedeckten Tisch gesetzt. Zu Mama zurückziehen war ja keine Alternative, oder? Außerdem war sie nicht mehr fit, in ihrem Alter. Und man hatte ja ohne sie auch seine Ruhe.

Mama hatte zuhause immer das Einkaufen übernommen, bei allem anderen hatte sie sich von einem „Dienstmädchen" helfen lassen.

„Das ist ja wohl das Mindeste, was eine Medizinalratstochter in ihrem Hause beanspruchen kann", hatte sie zu Vater gesagt.

Hermann erinnerte sich noch an die Hausmädchen, die häufig gewechselt hatten. Aber am deutlichsten war ihm Tamina im Gedächtnis geblieben.

Als Mama bemerkt hatte, dass er Tamina hinterher schaute, dass er mit ihr tuschelte, war sie rabiat geworden.

„Lass dir ja nicht einfallen, mit Domestiken anzubandeln. Da kannst du noch was Besseres haben."

Ja, das wär schön gewesen, dachte Hermann.

Aber Tamina, die wäre sowieso nicht in Frage gekommen, sie konnte im Haushalt nichts, konnte überhaupt nicht kochen, warum Mama sie auch nach einiger Zeit hinausgeworfen hatte.

Mama hatte Tamina immer geduzt, während Tamina Mama mit „gnädige Frau" ansprechen musste. Das fand Hermann etwas komisch. Vater hatte Tamina gesiezt, aber nur, wenn jemand dabei war.

Hermanns Kühlschrank war gähnend leer. Fürs Frühstück würde er erst einmal einkaufen müssen.

Als er im Supermarkt an der Kasse stand, fiel ihm Frau Herbst ein.

Sie konnte eigentlich recht gut kochen. Und sie hatte auch immer Ordnung in der Miniküche und im Büro. Und die letzten achtzehn Jahre war sie ihm auch nicht auf die Nerven gegangen, sie hatte ordentlich ihre Arbeit gemacht und nie aufgemuckt. Sie war wirklich eine pflegeleichte Sekretärin, dachte Hermann. Da hatte er beim Seidel etwas Gutes abgestaubt. Er würde ihr zu Weihnachten etwas schenken, über die Gratifikation von zweihundert Euro, die er seit einigen Jahren zahlte, hinaus, vielleicht ein paar Blumen oder eine warme Strumpfhose.

Die Distanz zur Untergebenen wollte er allerdings nicht aufheben.

Hermann zahlte und beschloss, noch ein bisschen weiter über all diese Fragen nachzudenken.

Als er am Frühstückstisch saß, bei seinem Kaffee, dachte er daran, dass Frau Herbst auch immer Kaffee trank.

Wenn man nun hier zusammen säße, und jeder hätte eine Tasse Kaffee, und man wäre nicht allein, sondern zu zweit, und man könnte reden statt zu schweigen, und dann würde man zu zweit den Tisch abräumen oder Frau Herbst würde es alleine machen und …

Hermann schlug sich an die Stirn. Da war man nun ein studierter Psychologe und verstand sich selbst nicht ein bisschen besser als die Patienten, die Rat bei einem suchten.

Hermann schüttelte den Kopf, schlug den Anzeiger auf und vertiefte sich in die Jetztzeit.

Für Samstag und Sonntag hatte sich Hermann einen klaren Plan zurechtgelegt. Da war einerseits die Fortbildung für die Wirtschaft. Da waren andererseits die Therapieüberlegungen für die kommende Woche.

Was die Fortbildung zum Personalentwicklungsberater betraf, so hatte er sich vorgenommen, in einem ersten Schritt empirische Erhebungen in seinem eigenen Unternehmen respektive seiner Praxis durchzuführen. Das Personal in Gestalt von Frau Herbst gehörte demgemäß einer intensiven Beobachtung unterworfen, um danach einen optimalen Potentialeinsatz ins Auge fassen zu können. Dabei durften natürlich Fragen der Compliance, insbesondere nach innen, nicht unberücksichtigt bleiben. Das würde eine verdammt harte Nuss werden, da war sich Winter sicher.

Als zweiten Schritt die Therapieplanungen für die nächste Woche. Miss Joy – was würde ihn da erwarten?

Hatte sie sich in ihn verliebt?

Ein positives Gefühl raste durch Hermanns Lenden.

War sie Feuerbachs überdrüssig und verlangte nach einem gestandenen Mann, im besten Alter, und mit wirtschaftlich durchaus arrivierter Position als freiberuflicher Unternehmer?

Er, Hermann, war in diesem Falle entschlossen, das Schicksal beim Schopf zu erfassen: Auch C.G.Jungk hatte für die Liebe entschieden und ein Verhältnis mit seiner Patientin begonnen. Das konnte auch er, Hermann Winter!

Hermanns Geist und Seele eilte dem Montag zu. Er umarmte Miss Joys Leib, ihr Leib wurde sein eigener, sie würde ihre Hüllen fallen lassen, sie würde – nein, sie würde ihm sicher nicht zuerst ihren Hintern zeigen. Und was war mit Frau Herbst im Vorzimmer? Wie konnte er dieses Dilemma lösen?

„Kommt Zeit, kommt Rat", hatte Mama immer gesagt.

Mit dieser tröstlichen Aussage machte Hermann sich im Badezimmer für die Nacht fertig.

Leider war das Bad sehr kalt, er hatte vergessen, die Heizung aufzudrehen.

Sonntag

Sonntag war immer der schrecklichste Tag des Wochenendes.

Man konnte nicht einkaufen gehen.

Man wusste, das Wochenende war schon wieder vorbei.

Die nächste Woche und das folgende Wochenende würden mit dem vergangenen identisch sein.

War das schon alles?

Tag 4
Montag

„Guten Morgen, Fräulein Herbst."

Winter war gut gelaunt, in Aufregung und Vorfreude.

„Guten Morgen."

Winter warf einen Blick auf Dorotea. Warum hatte sie das „Herr Doktor Winter" oder wenigstens
„Herr Winter" weggelassen? Ihr Gesichtsausdruck
wirkte neutral, aber auch alles andere als freundlich
und erholt.

„War Ihr Wochenende nicht so, wie Sie es sich
vorgestellt haben? Sie wirken so."

Im letzten Moment verschluckte Hermann das
Wort „muffelig". Erstens war das nicht Standardspra-
che und Frau Herbst war in der vergangenen Woche
etwas weniger ruhig als gewohnt und etwas aufge-
brachter als gewöhnlich gewesen.

„Wollten Sie ausdrücken, dass ich aussehe, als ob
ich miese Laune habe? Könnte hinkommen", entgegnete Dorotea ungewohnt frech.

„Nun, nun", Hermann schlug jetzt einen väterlich
generösen Ton an, „manchmal verläuft bei uns Allein-
stehenden im fortgeschrittenen Alter ein Wochenende nicht wie gewünscht."

Das hatte er eigentlich nicht sagen wollen! Er hätte sich auf die Zunge beißen sollen, sein Unterbewusstsein hatte ihm ein Schnippchen geschlagen.

Dorotea verzog zwar etwas verächtlich ihren
Mund, auch ihre Stirn kräuselte sie, aber sie wirkte
trotzdem besänftigt.

„Es ist bis jetzt noch etwas ruhig heute Morgen", sagte sie.

„Haben sich noch gar keine Patienten angemeldet?"

„Nein. Pater Hansmann hat allerdings gleich heute Morgen angerufen. Er will seinen Termin vorverlegen."

Sollte er noch einmal nachfragen? Vielleicht hatte Frau Herbst etwas vergessen?

„Waren Sie denn pünktlich heute Morgen, so dass Sie keine Anrufe verpassen konnten?", hakte er nach.

„Wenn Sie eine Stechuhr anschaffen, können Sie es zukünftig genau nachhalten, Herr Doktor Winter", entgegnete Dorotea. Ihr Gesichtsausdruck war jetzt nicht mehr neutral, sondern richtig muffelig.

Irgendetwas erinnerte ihn an Mama.

Er schwieg, eine Entgegnung wollte ihm nicht einfallen.

„Ich habe noch Schreibtischarbeit zu erledigen."

Verdammt, das war zu defensiv. Er würde sich vorsehen müssen, dass der Abstand zwischen ihm und seiner Untergebenen groß genug blieb.

Joy

Um 9.30 Uhr meldete Dorothy über die Wechselsprechanlage:

„Eine Miss Joy steht hier, Herr Doktor Winter. Sie möchte Sie gerne sprechen. Sie hätte am Freitag der letzten Woche einen Termin mit Ihnen vereinbart."

„Führen Sie Miss Joy in mein Büro, Fräulein Herbst."

Es klopfte an der Tür.

Winter stand auf, blickte schnell noch einmal in den Spiegel über dem Waschbecken, zog ein paar Haare ins Gesicht. Schwungvoll öffnete er die Tür.

Miss Joy stand davor, Frau Herbst saß seelenruhig am Schreibtisch. Sie blickte nicht hoch.

„Kommen Sie herein, liebe Miss Joy."

Sie sah wieder wunderbar aus. Und hatte extra einen knallroten Lippenstift aufgelegt. Ein guter Vorbote, fand Hermann.

Mit großer Geste wies er auf den Patientenstuhl. „Bitte, nehmen Sie Platz."

„Ich habe lange überlegt, Herr Doktor Winter, ob ich mich Ihnen anvertrauen kann."

Das begann ja extrem vielversprechend.

Winter setzte sein bestes Zuhörgesicht auf.

„Ich befinde mich in einer besonderen Lage, über die man nicht so ohne weiteres gerne spricht."

„Heraus damit, Miss Joy." Hermann fieberte der Antwort entgegen.

„Es geht bei der ganzen Sache um die Liebe. Vielmehr um die körperliche Liebe."

Hermann brach der Schweiß aus. Soviel schon im dritten Statement, das übertraf seine Erwartungen.

„Sie wissen, dass Master Feuerbach und ich ein Liebespaar sind?"

Ein ganzer Eimer kältesten Wassers platschte auf Hermanns Kopf.

Jetzt nur nichts anmerken lassen.

„Wissen Sie, wir sind ja beide noch jung, nicht so abgeklärt in Sexdingen wie Sie aufgrund Ihres Alters. Deshalb brauche ich einen Rat von Ihnen."

Oh, das tat weh.

„Ich befürchte, Master Feuerbach liebt mich nicht richtig."

„Wie meinen Sie das?", fragte Winter.

„Wissen Sie, wenn wir zusammen sind, hat er immer nur das eine im Sinn. Haben wir gerade einmal angefangen zu diskutieren, uns über geistige Dinge auszutauschen, dauert es nicht lang und dann will er. Sie wissen schon, was, nicht? Und ich wollte Ihren Rat einholen, ob Sie das normal finden. Bei Ihnen habe ich immer das Gefühl, Sie würdigen auch das Geistige in mir."

Wenn Sie wüssten, dachte Hermann. Wenn ich Sie ansehe, denke ich bestimmt nicht an Ihre schwülstig-schwachsinnige Schwiemel-Schwamel-Poesie. Es macht mir auch nichts, dass Sie nach meinem Dafürhalten gänzlich talentfrei sind. Das gleichen Sie zur Gänze aus durch das, was auch Master Feuerbach an Ihnen bemerkenswert findet.

Er sagte:

„Liebe Miss Joy, sprechen Sie mit Master Feuerbach, ob er zu einer Paartherapie bereit wäre. Natürlich könnte ich Ihnen bei Ihren Problemen helfen. Die Wissenschaft hält heute vieles bereit. Über Psychoanalyse könnte man nachdenken, im vorliegenden Fall würde vermutlich auch eine Verhaltenstherapie ausreichen. Sollte Master Feuerbach sich verweigern, ist auch eine Einzeltherapie mit Ihnen sinnvoll. Denken Sie darüber nach."

Es waren dreißig Minuten vergangen, die erste Probesitzung konnte Winter liquidieren. Er stand auf.

Miss Joy erhob sich, schien die leicht eisig gewordene Atmosphäre zu spüren.

„Ich hoffe, die Nähe zwischen uns beiden, Herr Doktor Winter, verhindert nicht eine therapeutische Beziehung?"

„Dumme Gans", rutschte ein Gedanke in Hermanns Gehirn. Er wunderte sich, wie schnell und gründlich die Faszination verschwunden war.

„Ganz und gar nicht, liebe Miss Joy", antwortete er. Und das war nicht einmal gelogen, denn er freute sich darauf, die junge Dame verschwinden und die Tür von außen schließen zu sehen.

Der Tee bleibt aus

Hermann schaute seit fünf Minuten auf seine Armbanduhr. Was war nur im Vorzimmer los? Warum klopfte Frau Herbst nicht an die Tür. Sie hätte ihn doch schon längst zum Tee holen müssen. Sollte er fragen gehen? Nein, diese Möglichkeit bestand nicht. Er würde damit seine Abhängigkeit eingestehen. Das ging gar nicht. Er musste den Abstand zwischen sich und Frau Herbst unbedingt aufrechterhalten. Wo kam man denn hin, wenn einem die Untergebenen Vorschriften machen konnten? Das afrikanische Sprichwort von Kern fiel ihm ein. Es würde ihm also nichts anderes übrig bleiben, als hier hinter seiner Tür Zeitung zu lesen. In die Broschüre von den Kursen, die er belegen wollte, um Personalwirtschaftsberater zu

werden, konnte er vielleicht auch ein wenig hinein-
schauen.

Mittagessen

Drei geschlagene Stunden saß und lief Hermann
nun schon in seinem Zimmer. Die ‚Bunte' war völlig
ausgelesen, er hatte die Fotos mehrfach angesehen,
aber irgendwann wurde das langweilig. Promis! Hatten doch oft gar nichts in der Birne. Papa hatte immer
gesagt: „Heut' gibt's manche Leute, die können nix
und verdienen viel. Und es gibt viele Leute, die können viel und verdienen nix." Und dann nahm Papa
Hermann immer mit den Augen in die Zange und
schüttelte den Kopf. Endlich klopfte es an der Tür.

Hermann spitzte die Ohren. Warum rief denn
Frau Herbst nicht, was sie sonst immer rief? „ Herr
Doktor Winter, die Mittagskleinigkeit wäre denn fer-
tig." Nichts. Dorothy klopfte auch kein zweites Mal.

Er würde sie bei dem Mittagessen auf die Wechseljahre ansprechen müssen. Vorsichtig natürlich, die
Weiber waren in solchen Dingen gewaltig empfindlich. Er würde seinen Verdacht hinter allgemein ge-
haltenen Äußerungen verstecken, dann würde sie
seine Botschaft erst nach einiger Zeit verstehen und
nicht mehr aufgebracht reagieren. Das hoffte er zumindest.

Dorothy saß schon am Tisch. Ihr gegenüber, dort,
wo Hermann gleich Platz nehmen würde, lag eine
Papiertüte. Darauf ein belegtes Brötchen, aus dem an

den Seiten Gurkenscheiben und Tomatenstücke her-vorquollen.

„Ach", sagte Hermann.

Er nahm Platz, sah Frau Herbst an, die mit bestem Appetit ihr Brötchen verzehrte.

„Schmeckt's?", fragte Hermann.

„Ja, danke der Nachfrage."

Es würde ihm nichts anderes übrig bleiben, als heute Mittag zu dem Fertig-Fraß zurückzukehren, den er gehofft hatte, mit dem Kauf der Mikrowelle hinter sich lassen zu können.

Er griff mit spitzen Fingern nach dem Brötchen, zog an den Seiten erst einmal Gurkenscheiben und Tomatenschnitzel heraus, um die Dicke des Brötchens zu verringern. Da bekam man ja die Maulsperre!

Essbar war's, gestand er ein. Aber natürlich kein Vergleich mit dem Pichelsteiner Wildschweintopf, den Frau Herbst am Freitag serviert hatte.

Er musste ihr verändertes Verhalten zum Thema machen. Sie musste zur Räson gebracht werden.

„Im Rahmen meiner Beratungstätigkeit beschäf-tige ich mich zunehmend auch mit den körperlichen Ursachen von Verhaltensauffälligkeiten, Frau Herbst."

Wieder blieb ihr „Ach, wie interessant, Herr Win-ter" aus.

„Nun ja, das ist früher in der Therapie oft ver-nachlässigt worden. Dass Verhalten eben nicht nur durch falsches Lernen, ungünstiges Milieu und der-gleichen bedingt ist. Nein, zum Beispiel die Hormone spielen eine äußerst bedeutende Rolle bei Verhal-tensänderungen."

Er pausierte einen Moment. Er wartete auf „Erklären Sie dies doch einmal, Herr Winter!"

Dorotea schwieg hartnäckig, schaute ihn aber interessiert an. Oder amüsiert?

„Bei den Frauen zum Beispiel. Da verändert sich das Verhalten, wenn sie älter werden. Das liegt an den versiegenden Hormonen. Deshalb nennt man diese Zeit ja auch die Wechseljahre, wissen Sie?"

„Tatsächlich?", fragte Dorotea.

Er hatte endlich ihr Interesse geweckt.

„Man stellt dann bei den betroffenen Frauen unausgeglichenes Verhalten fest. Bei Männern soll es hormonelle Veränderungen ja auch geben, aber die treten Gottseidank viel später auf! Denken Sie mal an Picasso, der hat noch mit achtzig ein Kind gezeugt!"

„Ach, echt?", verwunderte sich Dorotea.

„Ja, ja. Aber die Frauen können sich ja heute Unterstützung aus der Apotheke holen. Dann werden sie wieder ganz die Alten und gehen ihrer Umgebung nicht auf die Nerven."

Dorotea erhob sich nach den letzten Worten.

„Dann wollen wir mal wieder, Herr Doktor, nicht wahr?", sagte sie und warf die Papiertüten in den Mülleimer. Sie ging zu ihrem Schreibtisch, ihren Klappstuhl ließ sie stehen.

Winter schaute zu ihr hin. Er würde sich ja keinen Zacken aus der Krone brechen, wenn er den Klapptisch und die Stühle in die richtige Position brächte.

Nach getaner Arbeit trottete er in sein Zimmer zurück.

Nachmittagstee

Um 16.30 Uhr trat Hermann vor seine Tür.

„Wollen wir ein Tässchen Tee oder Kaffee, oder auch zwei zu uns nehmen, Frau Herbst?"

Dorotea blickte ihn von unten herauf an, dann begann sie zu lächeln. Stand ihr gut, viel besser als das Gesicht von vorher. Wenn sie lachte, war sie fast hübsch, dachte Hermann. Und das mit dem Prallen, da hatte Hansmann recht.

Frau Herbst warf die doppelseitige Kaffeemaschine an, warf zwei Teebeutel in seine Kanne, setze einen Filter mit Kaffee für sich selbst auf. Na, Gottseidank machte sie sich ein eigenes Getränk. Er hasste es, wenn er um seine zweite Tasse Tee bangen musste, in dieser Sache war er eigen.

„Mögen Sie Schüttelreime, Frau Herbst?"

Er musste sich bemühen, die gute Stimmung zu festigen.

„Ich kenne eigentlich kaum welche, habe mich noch nicht damit befasst."

„Dann hören Sie mal zu:

Benutze stets das Buttermesser
dann stehst du mit der Mutter besser.
Oder der hier:
Schwer muss man in der Liebe tragen
die Folgen, die am Triebe lagen."

Mist, dachte Hermann sofort, als er Doroteas peinlich berührtes Gesicht sah. Das Freud'sche Unterbewusstsein hatte ihm mal wieder einen Streich gespielt. Oder - lächelte Frau Herbst ihn jetzt auf einmal an? Es schien ihm fast so. Aus den Weibern sollte einer klug werden.

„Hat gut getan, nicht? Die Tasse Tee, meine ich", sagte er etwas verlegen. Er stand auf und verzog sich hinter seine Tür.

Frau Herbst machte Ordnung in der Miniküche.

„Schönen Abend", rief Dorotea aus dem Vorzimmer.

„Ihnen auch. Dorotea", sagte er.

Tag 5

„Die Mittagskleinigkeit wäre denn fertig", hatte Frau Herbst gesagt.

Jetzt saßen sie beide am Klapptisch, aber Frau Herbsts Teller war leer. Fast leer. Zwei Möhren lagen darauf.

„Nanu, Frau Herbst, was ist denn mit Ihnen los? Erst der Rock heute Morgen. Ich hab' sie noch nie im Rock gesehen. Achtzehn Jahre hatten sie immer nur Hosen an. Aber mit den Pumps, das steht Ihnen ganz gut. Gefällt mir. Durchaus. Warum wollen Sie denn heute gar nichts essen?"

Täuschte er sich? War Dorothy rot im Gesicht geworden? Fürs Erröten war sie ja nun entschieden zu alt.

„Ich will versuchen, ein bisschen abzunehmen. Ein paar Kilos loswerden. Ich hoffe, ich halte die Diät durch. Ist ganz schön hart. Schon am ersten Tag."

„Was Sie sich so alles einfallen lassen, Frau Herbst. Wenn man ein Kugelbaum ist, da wird man auch durch eine Diät nicht zu einer Tanne. Das hat meine Mutter immer gesagt. Aber die war ihr ganzes Leben schlank, gertenschlank, kann ich Ihnen sagen."

Dorotea stand unvermittelt auf. Was war denn jetzt schon wieder mit ihr los?

„Herr Doktor Winter, mir ist auf einmal richtig schlecht. Ich muss zum Arzt gehen, mir Unterstützung holen. Ich gebe Ihnen Nachricht." Weg war sie.

Ließ ihn, Hermann, einfach am Tisch sitzen, sein Spaghetti Teller von Tomatensoße beschmiert, fettig, die Wassergläser nicht gespült. Na herrlich!

Den Nachmittagstee würde sie jetzt auch nicht machen, der ganze Tag war verhagelt.

Na ja, Patienten hatten sich sowieso keine angemeldet.

Hermann ließ die Rollläden herunter, den Abwasch würde er stehenlassen, den konnte Frau Herbst morgen mit erledigen.

Hermann schloss die Praxistür.

Daheim

Dorotea war unheimlich wütend. Vor allem auf sich selbst. Was hatte sie sich eingebildet? Dass sie Winter gefallen könnte? Gefiel er ihr denn? Und dann der Rock! Was für eine doofe Pute war sie! Wollte sich mit zweiundfünfzig noch auftakeln, um einem Vierundfünfzigjährigen zu gefallen. Auf dem Heimweg hatte sie vor Zorn geheult, jetzt schüttelte sie nur noch den Kopf über sich.

Katzenhund saß im Flur. Ganz ruhig, unbeweglich, wie eine Sphinx schaute er sie an. Er kam nicht wie sonst auf sie zu, er wartete ab. Spürte, dass mit Frauchen heute irgendetwas nicht stimmte. Katzenhunds Reaktion ermahnte Dorotea, sich zu beruhigen. Was war denn schon passiert?

Sie ging auf Katzenhund zu, beugte sich hinab, kraulte ihn hinter den Ohren. Er legte sich auf den Rücken, streckte sich, ganz, ganz lang. Dorotea nahm seine rechte Hinterpfote und setzte sich auf den Boden neben ihn. Nach kurzer Zeit fing Katzenhund an zu schnurren.

Sie hatte vergessen, im Türkasten nach der Post zu sehen. Würde zwar wieder nichts drin sein, gehörte trotzdem zur Routine.

Im Postkasten befand sich ein Brief.
Mrs Thea Herbst.
Ihre Adresse.
Sie drehte den Brief herum.
Richard Walker.
Eine Adresse.

Sie saß, das war gut.

Richard war also nicht tot, nicht in Vietnam gefallen. Hatte ein Leben auf der anderen Seite des großen Teichs geführt, sie nicht kontaktiert, wusste nichts. Was wollte er jetzt, nach mehr als dreißig Jahren. Wie hatte er sie gefunden?

„My goddess" war seine Anrede. Sie hatte ihm damals schon gesagt, dass in ihrem Vornamen das alles entscheidende ‚h' fehle. ‚Doro-thea', das griechische Wort, ‚Geschenk der Götter'. Nein, ihr, Dorotea ohne ‚h', fehlten wahrlich damals wie heute alle Voraussetzungen, die sie als Geschenk der Götter qualifiziert hätten. Sie war schon immer zu dick gewesen, ihr Gesicht bestenfalls normal, die vollendete Verkörperung des Durchschnitts. Zu allem Überfluss war sie darüber hinaus nun schon zweiundfünfzig. Schönheit kommt in solchem Alter notgedrungenermaßen eher von innen als von außen.

Dass er sie in den nächsten Tagen anrufen werde, dass er sich unendlich freue, sie wiederzusehen, schrieb er, in Englisch, weiter. Hätte er früher haben können, dachte Dorotea. Die Sehnsucht war arg spät gekommen.

Seine Schrift war relativ kindlich, steile große Buchstaben, etwas nach links gekippt. „Kind, du bist zu kritisch", hatte Papa immer gesagt. Das stimmte und hätte die Auswahl an Bewerbern eingeschränkt – wenn Dorotea denn in ihrem Leben welche gehabt hätte.

Dorotea legte den Brief auf den Tisch, legte eine CD in den CD-Player.

Double Fantasy.

Mit dem Kaffeetrinken hatte alles begonnen. Aber nicht aufgehört.

Sie war damals im ersten Semester Philosophie an der Universität eingeschrieben gewesen, hatte zum ersten Mal eine eigene Bude. Beim zweiten Treffen war sie mit Richard zum Tanzen gegangen.

Er hatte sie nachhause gebracht, zog vor der Tür seine schweren Schuhe aus und schlich mit ihr ins Zimmer.

Am nächsten Morgen, nachdem Richard weggegangen war, klopfte es an der Tür. Frau Holzin, die Zimmerwirtin.

„Fräulein Herbst", sagte sie, „ich wünsche keinen Herrenbesuch, damit wir uns verstehen."

Ohne ein weiteres Wort, mit nach wie vor strengem Blick, machte sie auf dem Absatz kehrt und verschwand.

Richard kam am nächsten Nachmittag wieder. Die alte Holzin wusste es ja jetzt. Er ließ die Schuhe an. Die Zimmerwirtin war dringend auf die Miete angewiesen, was sollte schon passieren?

Richard kam nun jeden Tag. Er besuchte seinen Onkel in Deutschland. Über seinen Dienst erzählte er nichts. Dorotea drang nicht in ihn, er würde später sicher alles berichten.

Die meisten Stunden des Tages und der Nacht verbrachten sie im Bett. Sie hörten Musik vom alten Plattenspieler und wenn John Lennon ‚Woman' sang, vergrub Richard sein Gesicht in Doroteas Haar.

Anfang Dezember 1979 war das gewesen.

Kurz vor Weihnachten hatte er seinen Urlaub abbrechen müssen. Er hatte einen Einsatzbefehl erhalten. Als er ging, stand sie am Fenster. Immer wieder drehte er sich um, konnte sich kaum losreißen. Sein Abschiedsgeschenk für sie, das sich in einem kleinen Päckchen befand, hatte sie in seiner Gegenwart nicht auspacken dürfen. Sie löste das Bändchen. Ein Kästchen mit Deckel. Innen drin lag ein Ring, ein Verlobungsring. Ein Zettel, mit einer Zeile aus ‚Woman'.

„I love you, now - and forever."

Sie hatte auf eine Nachricht von ihm gewartet, zu Weihnachten, aus Vietnam, aus Amerika. Im Januar wusste sie, dass sie schwanger war. Richard war ihr erster Mann gewesen, sie war unendlich naiv, unerfahren und hatte nicht verhütet. Je länger die Ungewissheit dauerte, desto panischer war Dorotea geworden. Mitte März hatte sie eine Fehlgeburt.

„Es wäre ein Mädchen geworden", sagte der behandelnde Arzt.

Der doppelte Verlust, so hatte sie damals ja gedacht, hatten in der Folgezeit das Studium unmöglich gemacht. Antrieb, Konzentration, Dynamik, einfach alles, um bestehen zu können, fehlten ihr. Sie bewarb sich um Stellen und bekam eine beim alten Doktor Seidel.

So that's that, dachte Dorotea.

Das sagte Winter auch oft, fiel ihr ein.

Zuhause

Hermann hatte den Fernseher eingeschaltet, hörte aber nur mit einem Ohr hin. Mit dem anderen Ohr klebte er am Telefon. Sie hatte doch gesagt, dass sie ihm Nachricht geben würde. Das war jetzt viele Stunden her. Hatte sie vielleicht seine private Telefonnummer nicht und es vergeblich in der Praxis versucht, weil er vor Dienstschluss schon verschwunden war? Konnte sein. Andererseits - sie arbeiteten doch jetzt schon achtzehn Jahre Seite an Seite, da musste er ihr doch eigentlich einmal seine private Telefonnummer gegeben haben. Und ihre private Telefonnummer? Hatte er die? Angerufen hatte er sie noch nie, daran hätte er sich sicher erinnert. Er holte seinen Kalender, schaute hinten im Register nach. Doch, da stand „Herbst". Und dann die Nummer.

Er könnte sie ja eigentlich anrufen und nachfragen. Aber das wäre ja dann sozusagen ein Hinterhertelefonieren. Nein, das ging nicht. Er musste warten bis morgen früh. Sie würde bestimmt morgen früh wieder im Büro sein.

Tag 6

Um punkt neun klingelte das Telefon in der Praxis. Das musste sie sein. Sonst war sie ja seit achtzehn Jahren jeden Tag um acht Uhr hier gewesen, hatte nicht einen Tag gefehlt. Bemerkenswert, dachte Hermann. Darüber hatte er sich bis heute eigentlich keine Gedanken gemacht.

„Dr. Hermann Winter."

„Dorotea Herbst. Ich bedaure, es geht mir noch nicht besser. Es sind sicher nur Beschwerden, die durch die versiegenden Hormone ausgelöst werden. Ich muss heute fehlen."

Winter biss sich auf die Lippe. Mist, der Schuss war nach hinten losgegangen.

„Sie können mir das Attest dann morgen mitbringen, Frau Herbst."

„Ich brauche nicht zum Arzt zu gehen, Herr Doktor Winter. Ich weiß ja den Grund, die Beschwerden sind flüchtig, kommen und gehen, wie sie gerade wollen. Und ich kann, wie Sie wissen, bis zum dritten Tag selbst entscheiden, ob es mir zum Arbeiten gut genug geht. Momentan ist dies nicht der Fall. Ein Attest werde ich nur beibringen, wenn ich zum Beispiel die ganze Woche und die nächste fehlen werde. Dann bekommen Sie selbstverständlich das gewünschte Attest."

Sie war noch dran, aber sagte nichts mehr.

Hermann fiel nur „Gute Besserung" ein.

Sie legte auf.

Ihre Telefonnummer hatte er immer noch nicht. Seine zwei Vormittagsteetassen Vanille und die Mit-

tagskleinigkeit auch nicht. Und auch der Nachmittagstee war für heute gestorben.

Um fünfzehn Uhr klingelte das Telefon zum zweiten Mal.

Pater Hansmann war dran.

„Na, mein lieber Herr Doktor Winter, heute machen Sie ja selbst den Telefondienst. Wo ist denn die
hübsche Frau Herbst abgeblieben?"

„Frau Herbst ist unpässlich, sie fehlt heute", antwortete Hermann gequält. „Wie kann ich Ihnen wei-
terhelfen", fragte er.

„Also, Ihre Frau Herbst hatte mir einen Termin in
drei Wochen gegeben, ich würde aber gern morgen
kommen. Es pressiert ein bisschen, könnte man sagen."

„Ich schaue, ob ich für morgen noch einen Termin
frei habe."

Kurze Kunstpause.

„Ja, Herr Hansmann, ich könnte Sie um vierzehn
Uhr noch hineinschieben."

„Das freut mich, Herr Doktor. Bis morgen."

Zwei Stunden, einhundertzwanzig Minuten, sie-
bentausendzweihundert Sekunden.

Keine Patienten, keine Beschäftigung, keine ‚Bunte' mehr, kein Essen, keinen Tee, keine Frau Herbst.
Die ganze Betrübnis seines eigenen Seins überfiel
Hermann. Er brauchte etwas Neues, neue Ziele. Empirie, Erfahrung. Ja doch, er hatte doch schon länger
den Entschluss gefasst, Personalberater für die Wirtschaft zu werden. Da konnte er doch gleich bei Frau

Herbst mit den Erfahrungen anfangen. Sie in ihrer Umgebung beobachten, ihre Motive zu ergründen, ihre Wünsche bloßzulegen, ein Modell von ihr anzufertigen, um dann die Individualerfahrungen verallgemeinern und für sein neues Berufsziel nutzbar zu machen. Er würde gleich morgen mit Frau Herbst sprechen und ihr seinen Vorschlag unterbreiten.

Tag 7

Dorotea saß an ihrem Schreibtisch im Vorzimmer, als Hermann um punkt neun Uhr eintraf.

„Schön, dass Sie wieder da sind", sagte er.

Um noch etwas Nettes hinzuzufügen, bemerkte er: „Sie sind wohl auch etwas erkältet, nicht?"

„Nein, ich dachte, das Tuch sieht ein bisschen schön aus", antwortete Dorotea.

Schon wieder schief gegangen. Hermann war allmählich ein bisschen verzweifelt. Ihm fehlte mit Frauen einfach die Erfahrung.

„Frau Herbst, könnte ich heute mal zu Ihnen nachhause kommen?"

Dorotea zuckte unmerklich, blickte Winter an, zog die Stirn ein bisschen kraus, sagte aber nichts.

„Also", Winter zog unbeeindruckt einen Stuhl zu Doroteas Schreibtisch, „ich will doch psychologischer Personalwirtschaftsberater werden. Ich muss meine Arbeitsgebiete ausweiten, Sie bemerken ja auch, dass das Patientenaufkommen nicht ausreichend ist. Und da ich keine Erfahrung – auf diesem Gebiet – habe, wollte ich Sie bitten, mir für die praktische Arbeit zur Verfügung zu stehen."

„Und wie soll die aussehen, die praktische Arbeit, Herr Doktor?"

„Nun", jetzt stand Winter aber doch wieder auf, legte beide Hände auf dem Rücken zusammen, lief in dem kleinen Raum die kurzen Wege federnd hin und her, sagte:

„Als psychologischer Personalwirtschaftsberater ist man aufgerufen, Angestellte, Mitarbeiter, Unter-gebene eines Unternehmens zu beobachten. Man

194

will alles über sie wissen – Motive, Wünsche und so weiter – damit man ihre Erwartungen besser befriedigen kann.

Wenn die Mitarbeiter befriedigt sind, zahlt sich das in besseren Leistungen aus."

„Und Sie wollen heute, quasi in einem Selbstversuch, meine Motive, Wünsche herausfinden, damit ich dann in der Zukunft besser befriedigt bin. Habe ich Sie richtig verstanden, Herr Doktor Winter?"

„Genau, Frau Herbst, das hätte ich nicht besser resümieren können. Passt Ihnen 18.30 Uhr?"

„Kommen Sie erst um 19.00 Uhr bitte."

Winter verschwand hinter seiner Tür.

Frau Obstmann

„Melden Sie mich mal sofort dem Doktor, Fräulein!"

Frau Obstmann, heute im blauen Hosenanzug mit roter Pünktchenbluse und gleichfarbigen hochhackigen Pumps, hatte sich vor Doroteas Schreibtisch aufgebaut. Von dort würde sie ohne Gewaltanwendung nicht verschwinden.

„Einen Augenblick, bitte", entgegnete Dorotea und meldete über die Wechselsprechanlage die aufgeregte Dame beim Doktor an."

„Dat Knöpfchen da, dat machen Se aber aus, Fräulein. Wat ich zu sajen hab, dat iss für Ihre Ohren nit bestimmt", fiel Frau Obstmann in ihren Kindheitsjargon zurück.

Das würde interessant werden. Dorotea dachte nicht daran, sich das Gespräch entgehen zu lassen.

Im Sprechzimmer

„Meine liebe gnädige Frau", säuselte Winter. „Bitte nehmen Sie doch Platz. Wo drückt denn der Schuh?"

Hatte Frau Obstmann die Metapher missverstanden? „Ich komm doch nit wegen meiner Schuhe, dat wissen Se doch auch, Herr Doktor. "

Dorotea vernahm Seufzen, dann Schluchzen, mehrmaliges Schnäuzen.

„Ich schneid ihm der Schnibbel ab."

„Aber liebe gnädige Frau, nun beruhigen Sie sich doch erst einmal. Versuchen Sie einmal der Reihe nach zu berichten."

„Ich weiß ja gar nicht, wie es der Reihe nach gegangen ist, Herr Doktor Winter. Er hat doch alles vor mir geheim gehalten. Aber das dicke Ende, das hat er mir heute Morgen mitgeteilt. Will sich von mir scheiden lassen, de Drecksack. Unn ich hab em dreißig Jahre beim Aufbau vom Jeschäft jeholfen."

Seufzen, Schluchzen, Schnäuzen.

Dann: „Ich sach et Ihnen, ich schneid em der Schnibbel ab."

An dieser Stelle drückte Dorotea den Knopf.
Wenn's am schönsten ist, soll man aufhören.
Die Vorstellung war nicht mehr zu toppen.

Ende der Sitzung

Winter hatte in der halben Stunde offensichtlich gute Arbeit geleistet.

Frau Obstmann hatte zu ihrer roten Pünktchenbluse und den gleichfarbigen Schuhen jetzt auch noch rot verweinte Augen. Aber sie hatte sich beruhigt.

Winters linke Hand schwebte gleichsam über Frau Obstmanns Schulter, beim Abschied blickte sie ihm tief in die Augen.

Als die Praxistür geschlossen war, verdrehte Winter diese Augen gegen die Zimmerdecke.

Wenn Dorotea Interessen hätte – von Frau Obstmann drohte keine Gefahr.

Besuch

Als Dorotea um 17.45 Uhr zuhause eintraf, läutete das Telefon.

„Hi, Thea."

Zwischen „Goodbye, Thea" und „Hi, Thea" lagen mehr als dreißig Jahre. Für die beträchtliche Zeitspanne waren die Sätze ein bisschen kurz.

„Hi", sagte Dorotea. Auch nicht mehr.

Richard versuchte ein bisschen Deutsch.

„Kann ich jetzt kommen? Zu dir?"

„Nein, heute nicht, Richard. Und wir treffen uns auch nicht bei mir zuhause."

„Schade", sagte Richard.

„Ich bin morgen um 17.30 Uhr im Café am Hauptbahnhof. Passt dir das?"

„Yes. And I love you", beteuerte Richard.

Das gleiche hatte er vor mehr als dreißig Jahren auch schon mal gesagt.

Winter kommt

Um 19.00Uhr läutete Hermann Winter an der Etagentür von Doroteas Wohnung.

Wirkte ganz nobel, die Ecke hier. Ärgerte ihn irgendwie. Wenn jetzt die Arbeitnehmer schon edler als die Arbeitsgeber wohnten, na dann, gute Nacht.

Dorotea hatte sich umgezogen. Trug einen schwarzen Blazer und eine schwarzgestreiften langen Rock. Das Dunkle machte sie schlanker, mogelte eine Körpergröße weg. Geschickt, dachte Hermann. Bei dem Outfit wäre wohl auch ein kleiner Blumenstrauß angebracht gewesen. Hatte er vergessen und auch, sich wenigstens ein frisches Hemd anzuziehen.

Doroteas angedeutetes Lächeln fiel wohl deshalb so spärlich aus.

„Kommen Sie herein, Herr Winter."

Hmh, den Doktor ließ sie wohl mit Absicht weg. Da würde er aufpassen müssen, dass nicht die Schranken verschwanden, hier in ihrer Wohnung.

Der Tisch war gedeckt. Dorotea hatte gekocht. Na, das war mal eine nette Geste. Der Blumenstrauß fehlte jetzt aber umso mehr.

„Ich habe einen kleinen Imbiss vorbereitet. Bitte, nehmen Sie Platz."

Als Dorotea den Wein einschenkte, sah er den Ring. Was war das? Sie trug doch sonst nie einen Ring? War das ein Fake-Ring oder war Dorotea Herbst verlobt? Er konnte sich gar nicht vorstellen, dass sie verlobt oder gar verheiratet wäre. Das erschien ihm irgendwie unwahrscheinlich.

„Bitte, greifen Sie zu!"

Vor Herrmann stand eine Suppenterrine.

„Was haben Sie denn Gutes zubereitet, Frau Herbst?"

„Kosten Sie und raten Sie!"

Die Suppe war ganz lecker, nichts Besonderes, aber sicher auch nahrhaft. Es gab ja offensichtlich keine Hauptgericht, lediglich diese Suppe. Da würde man sich ranhalten müssen.

„Die Suppe ist lecker, auch kräftig, das ist sehr gut, weil sättigend. Ja, was die Grundlage bildet, da kann ich nichts erkennen, das bleibt für mich undefinierbar."

Doroteas spärliches Lächeln war nach diesem Satz gänzlich verschwunden, eingefroren.

„Was war es denn, liebe Frau Herbst?"

„Eine Wildsuppe vom Reh", antwortete Dorotea kurz.

„Wie kommen Sie in der Stadt denn so leicht an Wild, das muss ja schwer sein, oder nicht?"

„Ich hab's im Supermarkt gekauft."

„Ach so", sagte Hermann.

„Zu mehr reicht mein Gehalt bei Ihnen nicht, Herr Doktor."

Hermann fand die Antwort ziemlich schnippisch, ließ sich aber nichts anmerken.

„Wir haben ja nun heute Abend ein berufliches Anliegen, Frau Herbst", sagte Hermann, als sie sich nach der Suppe in der Sitzgruppe niedergelassen hatten.

Frau Herbst hatte wirklich ganz schöne Beine. Sah man jetzt, wo sie in dem Sessel gegenüber saß und der lange Rock ein bisschen hochgerutscht war. Der schwarze hochgeschlossene Blazer, mein Gott, der kleidete sie echt gut. Man hätte aber auch gern gesehen, was sie drunter trug. Vielleicht eine Bluse, ein bisschen durchsichtig vielleicht, das wäre nicht schlecht gewesen. Oder ein nicht zu weites, eher enges T-Shirt, vielleicht aus dieser Baumwolle, die so seidig schimmert, da hätte man das Pralle an ihr sicher ein bisschen bewundern können. Ach Gott, wie so ein Ortwechsel die Beobachtungen und die entstehenden Gefühle verändern konnte. Das war der Vorteil der Empirie! Das war durch nichts zu ersetzen, das würde er in Zukunft beachten müssen.

„Ich hatte Ihnen ja erläutert, dass für meine Weiterentwicklung, natürlich meine berufliche Weiterentwicklung, wollte ich sagen, es wichtig wäre, kasuistisch Ihren Motiven, Wünschen, Erwartungen und so weiter auf den Grund zu gehen."

Als Hermann die Erläuterung beendet hatte, klapperte, rappelte etwas in der Etagentür. Einen Moment später erschien im Wohnzimmer eine Katze, getigert, klein, nach Hermanns Eindruck eine normale, nicht besonders aussehende Hauskatze schmächtigen Körperbaus.

„Darf ich vorstellen, Herr Winter, mein Katzenhund."

Was war das schon wieder! Was hier vor ihm stand, war eine Katze, eindeutig. Das war kein Katzenhund, der hätte ja wohl anders aussehen müssen. Also wieder so irgendeine Grille von Frau Herbst, mit der sie sich mit ihrer Katze bei ihm wichtigmachen wollte.

„Und welchen Namen hat dieser Katzenhund?" Das letzte Wort hatte Hermann gedehnt, verächtlich ausgesprochen.

„Katzenhund", entgegnete Dorotea.

Ihr Ton gefiel Hermann nicht. Der war irgendwie gereizt und wenig respektvoll.

Die Kommunikation, die sich Hermann ausgemalt hatte, fand nicht statt. Eher schleppte sich bis jetzt die Konversation mit langen Kunstpausen beträchtlich hin.

Zu allem Überfluss sprang Katzenhund jetzt an seine Hosenbeine und begann zu kratzen. Er krallte sich fest, biss zu, zwirbelte Hermanns Hosenbeine herum. Und so klein das Viech auch war, es tat ganz schön weh.

Dorotea Herbst schien Katzenhund bei seiner Tätigkeit aufs äußerste zu bewundern.

Erst, als Hermann „Frau Herbst, bitte stoppen Sie sofort diesen wild gewordenen Stubentiger" rief und Katzenhund mit beiden Händen am weiteren Zubeißen, Krallen und Kratzen versuchte zu hindern, griff Dorotea ein:

„Komm zur Katzenmama, Schnuppilein, der böse Onkel will nicht mit dir spielen."

Augenblicklich ließ Katzenhund von Winter ab und sprang auf Doroteas Schoß. Ja, und dort machte er es sich über alle Maßen gemütlich. Kuschelte und rollte sich auf ihren weichen Schoß. Dorotea nahm seinen Kopf in die Hände, beugte sich immer wieder zu seinen Ohren hinunter und hauchte Küsse auf das Tier.

„Können wir dann ein wenig in unserer Arbeit voranschreiten, Frau Herbst? Sie behandeln ihre Katze ja fast wie ein Kind, und ehrlich gesagt, scheint mir dieses Kind heftig unter ADHS zu leiden, so wild, wie es sich aufführt."

Dorotea lachte. „Wären Sie auch gern ein Katzenhund, Herr Winter? Sie sprechen von der Katze ja fast so, als sei sie ihr Feind."

Hermann war ob dieser Beleidigung zwar beleidigt, würde das aber nicht zeigen. Er verhielt sich immer professionell.

Frau Herbst setzte aber noch einen drauf.

„Sie wollen doch heute meine Motive und Wünsche ergründen – jetzt haben sie eins. Mein allerliebster Katzenhund. Das war eine Lehrstunde in Anschauung, finden Sie nicht?"

Winter trank sein Glas leer. Dorotea erhob sich, holte die Weinflasche.

„Noch ein bisschen mehr?", fragte sie und blickte ihn an.

Schöne Augen hat sie eigentlich auch, dachte Hermann. Sie sollte die Brille öfter absetzen. So nackt hinter der Brille sieht sie gut aus, ganz anders als Frau Mandel, an deren unbebrillten Augenanblick er sich mit Schaudern erinnerte.

„Gern", antwortete er und nickte.

Der Wein schmeckte echt gut. Wärmewellen durchflossen Hermanns Körper.

Frau Herbst war es wohl auch warm. Sie zog ihren Blazer aus und legte die Jacke neben sich.

Sowas sollte sie öfter tragen, solche weichen, transparenten, aber nicht zu transparenten Blusen. Schade, dass Katzenhund schon wieder auf Doroteas Schoß lag. Das hätte einen harmonischen Anblick ergeben. Der volle, aber durchaus nicht zu volle Busen in der transparenten, aber nicht zu transparenten Bluse. Der Schoß, die Hüften, die Beine versteckt unter dem langen Rock, aber nicht ganz versteckt, so dass man einen kleinen Blick riskieren konnte. Als Hermann am Ende dieser Assoziationskette angelangt war, wurde ihm schlagartig klar, dass durch den Ortwechsel seine ganze Konzentration flöten gegangen war. Wie stark ein Ortwechsel wirken konnte – ja, das hatte er wirklich bisher unterschätzt.

„Noch eine letzte Frage", setzte Hermann an, „welches Motiv, welchen Wunsch würden Sie denn als zweites nennen? Nur, damit ich Sie als Angestellte besser kennenlernen kann."

„Gut Klavier spielen können", antwortete Dorotea.

Erst jetzt bemerkte Hermann das braune Klavier an der Wand hinten, gegenüber der Sitzgruppe.

Dass sie sich ein Klavier leisten konnte! Beim Wild sparte sie, aber ein elektronisches Klavier, das stand in ihrer Wohnung!

Jetzt würde er sie natürlich auffordern müssen, etwas für ihn zu spielen. Hoffentlich griff sie nicht zum „Albumblatt für Elise", damit hatte Mama schon immer seine Ohren gefoltert.

„Sie würden mir eine große Freude machen, wenn Sie etwas für mich spielen könnten, Frau Herbst", sagte er.

„Hemve, von Grieg", antwortete Frau Herbst. Und fing an zu spielen.

Winter war nun wirklich kein Musikkenner. Er empfand das Stück als sehr modern, die Harmonien gefielen ihm nicht besonders, außerdem spielte Frau Herbst ziemlich langsam, sie konnte es bestimmt nicht schneller spielen.

Als sie geendet hatte, spendete er ein paar Klatscher Beifall.

„Ich kann Ihren Wunsch gut verstehen", sagte er.

Als Dorotea ihn daraufhin wütend anblitzte, schob er nach: „Man will ja immer alles perfektionieren, jede Sache will man so gut wie möglich hinkriegen, nicht."

Die Kunstpause, die folgte, war die bisher längste.

„Bevor ich jetzt gehe, Frau Herbst, ist ja schon ein bisschen spät geworden und wir müssen ja immer auch früh raus, lieben Sie auch Sprachen? Sprechen Sie denn auch eine Fremdsprache?"

„Es dürfte Ihnen aus meinen Unterlagen doch bekannt sein, dass ich Philosophie angefangen habe zu studieren und dass ich demgemäß zwei Fremdsprachen spreche." Der Ton von Frau Herbst war jetzt aber wirklich gereizt, unfreundlich, fast aufgebracht. Der Hormonmangel rief wohl mal wieder eine Gemütsschwankung hervor.

„Ach", sagte Winter, „in Ihre Unterlagen habe ich noch nie hineingesehen. Hab mich auf Seidel verlassen, da brauchten mich Ihre Unterlagen ja nicht zu interessieren."

Dorotea stand auf, Katzenhund war sofort vom Schoß gesprungen.

„Da will ich Sie nicht länger aufhalten, Herr Winter. Ich hab' ja ein Weilchen weniger Schlaf als Sie, da wird es jetzt Zeit für mich, ins Bett zu gehen, damit ich für den Dienst bei Ihnen wieder fit bin, nicht wahr?"

Sie stapfte, mit seinem Mantel über dem Arm, zur Tür, öffnete sie und – Winter musste sich das eingestehen – warf ihn hinaus.

Sie schloss die Tür und ließ Winter wie einen begossenen Pudelhund vor der Tür zurück.

Double Fantasy

Wie gut, dass Winter sich wieder als Idiot geoutet hatte! So ein egomanischer Scheißkerl!

Unaufmerksam, ungebildet, undankbar. Aber ausgesehen hatte er nicht übel. Vor allem die Lennonbrille und sein immer noch volles Haar. Er sah schon attraktiv aus, intellektuell. Ein bisschen marottig, eben individuell. Das Schlaksige, das gefiel ihr auch.

Ob Richard auch noch so schlaksig war? Das Jungenhafte, das hatte sie besonders an ihm gemocht.

Mal schauen, wie er sich verändert hatte. Zwei halbe Eisen im Feuer zu haben, das war für Dorotea ein neues, ein außerordentlich befriedigendes Gefühl.

Tag 8

Um acht schloss Dorotea die Praxistür auf. Winter saß auf dem Stuhl vor ihrem Schreibtisch.

„Wollten Sie schauen, ob ich pünktlich bin, verehrter Herr Winter?", fragte sie.

„Frau Herbst, ich wollte mich entschuldigen."

Dorotea ließ sich in ihren Schreibtischstuhl fallen, noch voll angekleidet. Sie war platt.

„Ich habe gestern Abend einiges falsch gemacht."

Den Satz ließ Dorotea unkommentiert im Raum stehen, nickte aber.

„Wir haben ja ein Ziel zusammen, und gestern Abend, da sind wir noch nicht so weit gekommen."

Aha, dachte Dorotea, ich soll ihm für seine beruflichen Studien weiter zur Verfügung stehen.

„Könnten wir einfach noch einmal von vorne anfangen? Könnte ich heute Abend noch mal kommen? Sie besuchen?"

„Kommen Sie um 19.30 Uhr. Ich habe vorher noch eine Verabredung."

Ein Geheimnis?

Winter schaute auf Doroteas Ringfinger. Heute hatte sie den Ring nicht an. Ob sie einen Verlobten hatte, so ganz heimlich, und im Beruf verschwieg sie das? Er hätte gerne gefragt, aber er traute sich nicht. Die Frage würde ihn jetzt den ganzen Tag umtreiben.

Pater Hansmann taucht wieder auf

Nach der Mittagskleinigkeit, die heute aus dem Rest der Rehsuppe bestand, war Pater Hansmann angemeldet.

Hermann hörte den Gottesmann im Vorzimmer mit Frau Herbst schäkern.

Was fiel ihm ein? Verletzte den Zölibat, hatte sich mit fast sechzig verliebt, und jetzt machte er auch noch seine Sekretärin an! Winter eilte zur Tür, um Hansmanns Gockelgesäusel vor der Tür sofort zu beenden.

„Kommen Sie herein, Pater", sagte er und wies den Gottesmann in die richtige Richtung.

Als sie Platz genommen hatten, fing Hansmann sofort an zu sprechen.

„Ich habe Ihnen ja schon beim letzten Mal gesagt, wie es mich erwischt hat. Ich denke sehr intensiv darüber nach zu heiraten."

„Ist das nicht ein bisschen verfrüht, so eine schwerwiegende Entscheidung zu fällen?", fragte Winter.

„Lieber Herr Doktor, wie lange soll ich denn noch überlegen. Wie lange habe ich denn noch, um mit einer Frau mein Glück zu finden. Natürlich, auch im Schoß der Kirche hatte ich ein durchaus schönes Leben. Aber mit einer Frau, da ist es eben doch anders, nicht?"

„Trotzdem, verehrter Herr Hansmann, Sie sind ein Kirchenmann und würden Ihren Beruf aufgeben müssen. Das will überlegt sein, nicht?"

„Die Gedanken mache ich mir ja auch. Was ich opfern müsste. Dass ich wegen meines Berufes nicht nur gewinnen könnte. Aber ich sehne mich so, das ist sehr stark. Und Sie werden mir nachfühlen können, wie heftig einen die Sehnsucht, die Sehnsucht nach Liebe, die Sehnsucht nach einer Frau, nach Weichheit und Geborgenheit erfassen kann. Das verstehen Sie doch, Herr Winter?"

„Ja, ja, doch, das verstehe ich, wenn ich's recht bedenke. Wenn ich nun an meine Rolle in Ihrem Szenario denke – ich könnte Ihnen eine Therapie zum Abgewöhnen durchaus anbieten. Falls Sie dies nicht wünschen – ja, da müssten Sie dann Ihre Entscheidung für die geliebte Kirche oder für die geliebte Frau fällen. Da kann Ihnen auch kein Psychologe dabei helfen, so leid mir das tut."

„Gut, dass wir mal darüber gesprochen haben, Herr Doktor. Ein Gespräch kann schon vieles bewirken. Ich denke über alles nach und melde mich, gegebenenfalls, wieder. Einen guten Tag."

Das musste er Mama erzählen. Die würde dicht halten, das konnte er wagen. Psychologengeheimnis hin oder her, es würde ja sonst niemand erfahren.

„Hallo Mama."

„Hallo Hermann. Bist du nicht in der Praxis, um diese Zeit?"

„Doch, Mama. Aber ich muss dir was erzählen."

„Schieß los, mein Junge."

„Jetzt halte dich fest! Was glaubst du, was sich hinter Pater Hansmann alles verbirgt, was der alles vor seiner Gemeinde geheim hält!"

„Also, Hermann. Man kann über den Pater erzählen, was man will. Der ist ein bisschen individuell, aber der hat seine Schäfchen immer im Auge und will nur das Beste für sie. Zu dem kannst du immer kommen, der sorgt sich um dich, auch wenn er manchmal unkonventionelle Wege geht. Ein vorbildlicher Gottesmann für mein Dafürhalten."

„Wohl vor allem ein Mann, liebe Mama. Der hat sich in seine Haushälterin verliebt und will sie heiraten."

„Was erzählst du denn für einen Unsinn, mein Junge? Pater Hansmanns Haushälterin ist mindestens fünfundsechzig und außerdem seit mindestens dreißig Jahren mit dem Küster verheiratet. Da hätte Pater Hansmann bessere haben können. In der Gemeinde waren ganz schön viele Frauen scharf auf ihn, das versichere ich dir."

Mama hatte ihm mal wieder einen Triumph versaut. Hatte sie früher auch immer gemacht.

„Ok, dann, Mama. Muss wieder arbeiten. Die Patienten warten."

„Das wär' ja mal ganz was Neues", murmelte Mama ins Telefon.

Das Telefonat mit Mama hatte Hermann ziemlich verwirrt. Was führte der Hansmann im Schilde, unkonventionell hin oder her. Warum hatte er diese Lügengeschichte erzählt?

Vielleicht würde er heute Abend einmal mit Frau Herbst darüber sprechen. Die hatte vielleicht eine Idee.

Lang ist's her

Dorotea hatte sich nach dem Nachmittagstee beeilt und sich dann schnell von Winter verabschiedet.

Aus dem Zimmer rief er:

„Bis heute Abend, Frau Herbst. Vergessen Sie mich nicht."

Sie hatte sich für Richard ein bisschen schön gemacht. Den schwarzen Blazer angezogen, den schwarzen Rock und hochhackige Stiefel. Winter hatte gleich Verdacht geschöpft:

„Für wen haben Sie sich denn so schön gemacht", hatte er gefragt.

Ein gutes Gefühl, ihn durch Schweigen und Lächeln etwas zu verunsichern.

Um 17.25 Uhr stand sie vor der Tür zum Café im Hauptbahnhof. Ein bisschen nervös war sie. Auch ein bisschen wütend. Das Kästchen mit dem Verlobungsring hatte sie mitgebracht.

Sie schaute sich im Café um. Vereinzelt waren Tische besetzt. Ein älterer Herr hinten im Café erhob sich. Er kam auf sie zu. War das Richard?

„Thea?", fragte er.

Hi, Richard", erwiderte sie.

So, als hätte er gestern goodbye gesagt, umarmte er sie und versuchte sie zu küssen.

Dorotea verschränkte beide Arme vor ihrer Brust, rückte mit Kopf und Körper von ihm ab.

Er blickte traurig und enttäuscht. Das stand dem älteren Herrn vor ihr aber nicht.

Von der Schlaksigkeit vor dreißig Jahren war nichts übrig geblieben. Etwas untertrieben konnte man sagen, dass Richard übergewichtig war. Von dem vollen Haupthaar waren nur einige traurige Reste übrig, die jetzt in nackter Umgebung gen Himmel strebten.

Verglichen mit Winter war Richard ein alter Mann. Hatte sich echt nicht gut gehalten.

„Wollen wir Englisch sprechen oder uns deutsch unterhalten, Richard", fragte Dorotea. Sie ging zu dem Tisch, an dem Richard gesessen hatte.

„Ich habe extra intensiv Deutsch für dich gelernt, Baby", sagte er.

„Was machst du denn hier in Deutschland?"

„Ich wollte dich sehen."

„Jetzt, nach mehr als dreißig Jahren?"

„Als meine Frau gestorben ist, habe ich gespürt, wie einsam ich bin. Und mich an unsere super Zeit erinnert."

„Ach, du hast geheiratet. Warst du nicht mit mir verlobt?"

„Das waren doch Kindersachen, Baby. Wir waren doch noch viel zu jung."

„Ja, Kindersachen waren das wirklich, Richard."

„Was meinst du damit?"

„Ist so lange her, ist schon gut, ist nicht mehr interessant."

„Ich will ein paar Wochen hier bleiben."

„Und da dein Onkel nicht mehr lebt, hast du gedacht, da schlüpfe ich einfach bei der kleinen Thea unter? Hast du das gedacht, Richard?"

„Wär doch schön, an alte Zeiten …."

„Anzuknüpfen? Nein, das wäre nicht sehr schön, sondern einfach nur sehr billig für dich, lieber Richard."

Dorotea stand auf.

„Ich hab' dir ein Abschiedsgeschenk mitgebracht. Pack's aber bitte erst aus, wenn ich weg bin. Goodbye."

Revenge is a dish best served cold, dachte Dorotea.

Die neuen Ideen

Um 19.25 Uhr klingelte es an Doroteas Tür.

Hermann Winter. Blazermantel, Lennonbrille, einige Haare des vollen Schopfes verwegen ins Gesicht gezogen. Eine Woge von Davidoff ‚Cool Water'. Roch wunderbar.

Sie nahm ihm den Mantel ab.

Gut gebügeltes, dunkles Hemd. Bundfaltenhose. Schlaksig.

Er übergab ihr einen kurz geschnittenen Blumenstrauß, dessen Packpapier er artig in der anderen Hand hielt.

„Bitte, kommen Sie doch herein", sagte Dorotea.

Sie hatte wieder zum Rock gegriffen. Knielang, ein bisschen kürzer als gestern. Ein T-Shirt mit Wasserfallkragen aus mercerisierter Baumwolle, seidig schimmernd, nicht verhüllend, eher figurbetont. Oben rum konnte sie sich einiges leisten, das wusste Dorotea.

Sie hatte nur ein paar Snacks gemacht. Käsewürfel mit Weintrauben auf Sticks. Und Weißwein. Sie zeigte auf die Sitzgruppe.

Winter wartete stehend, bis Dorotea Platz genommen hatte.

Sie hatte wirklich schöne Beine. Der Rock war übers Knie gerutscht. Und dass sie den Blazer heute ausgelassen hatte, das fand er auch gut. Und attraktiv. Wie sollte er anfangen? Heute durfte es nicht wieder so stockend gehen, heute musste die Konversation geschmeidig gehalten werden.

"Dorotea, ich darf Sie doch so nennen, wir kennen uns jetzt schon so viele Jahre, achtzehn Jahre sind es genau. Und eigentlich wissen wir so wenig voneinander, nicht wahr?"

Wie lange wollten sie denn noch warten? Wie lange sollten sie noch überlegen? Zehn Jahre? Dann waren sie beide über sechzig.

„Hättest du etwas gegen ‚Hermann' einzuwenden?", gab Dorotea Gas.

Hermann hatte es kurzzeitig die Sprache verschlagen.

„Oder soll ich doch lieber wieder Doktor Winter zu dir sagen?", lachte sie.

Das Lachen schien ihn zu entspannen. Er lachte auch.

„Nein, ‚Hermann' und ‚du' würde mir ausnehmend gut gefallen, Dorotea", sagte er.

„Hast du Hunger?"

„Unendlich viel. Heißhunger, ganz, ganz heißen Hunger habe ich", sagte er.

Sie stand auf und griff zu den Sticks.

„Willst du dich ein bisschen füttern lassen, bevor Katzenhund kommt?"

„Oh ja, Dorotea, lass mich dein Katzenhund sein."

Dorotea setze sich neben Hermann aufs Sofa und begann ihn und sich selbst zu füttern.

„Einen Stick für Hermann. Einen Stick für Dorotea", schnurrte sie.

„Einen Stick für Dorotea, einen Stick für Hermann", brummte er.

„Ein Küsschen für Hermann?"

Dorotea hauchte einen Kuss auf Hermanns Wange.

Er drehte ihr Gesicht zu sich.

„Einen langen Kuss für Dorotea?", fragte er.

Und endlich, endlich tat er das, wonach es sie beide so sehr gelüstete.

An der Etagentür rappelte, klapperte etwas. Und dann stand Katzenhund vor Hermann.

„Nein", befahl Dorotea, „du legst dich schön ins Körbchen. Heute will die Katzenmama mit dem bösen Onkel spielen."

Sie zog Hermann vom Sofa und beide verschwanden im Schlafzimmer.

Tag 9
Bei Nacht

„Soll ich dir ein Gedicht aufsagen, Dorotea?"

„Nur das nicht, Hermann. Das andere kannst du viel besser."

Dorotea legt „Woman" in den CD-Player und Hermann vergräbt seinen Kopf in Doroteas offenem Haar.

Indianischer Sommer

„The Indian summer is a very short time of the year. It is the last time of summer, in which the latter displays its beauty. And the shortness and limitedness of it makes its singularity."

Der Indianische Sommer ist eine sehr kurze Jahreszeit. Die späteste Zeit des Sommers, in dem er noch einmal seine Schönheit entfaltet. Und die Kürze und Begrenztheit verleiht ihm seine Einzigartigkeit.

UN
UNSEEN
UNNOTICED
UNREMEMBERED
EVERY
THING
HAS
PASSED

Nichts
Nichts gesehen
Nichts bemerkt
Nichts erinnert
So
Ging
Alles
Vorbei.

H eSheIt

ErSieEs

> **„No, no, no!**
> **Time is pressing,**
> **time to go!"**

Nein!
Sie eilt, die Zeit.
Es ist Zeit
zu gehen.

> **„Listen you**
> **and hear my rhyme.**
> **It's me**
> **who names**
> **the point of time."**

Hör mir zu
höre meinen Reim.
Ich bin es
Der den Zeitpunkt
benennt.

> **„You look**
> **And read my face.**
> **It's me**
> **Who'll name**
> **the place".**

Schau mich an
Lies in meinem Gesicht.
Ich bin es
Der den Ort
Benennt.

"Listen you
and hear my rhyme
Future, present, past
I mix up - the time."

Hör mir zu
Höre meinen Reim
Zukunft, Gegenwart, Vergangenheit
Ich bringe die Zeit
durcheinander.

„Are you certain
Shall I
lift the curtain?"

Bist du sicher?
Soll sich der Vorhang
heben?

„Listen you
And hear my rhyme
This is now
The point of time.
Look at me
And read my face
This is now
The final place.

Hör mir zu
höre meinen Reim
Dieses hier
Ist der Zeitpunkt.
Schau mich an
Lies in meinem Gesicht
Hier beginnt
dein Ende.

„Stupid teacher
Silly creature
Listen you
And hear my rhyme
Up and over is your time
Look at me
And don't you cry –
You will die!

Dummer Lehrer
Du albernes Wesen
Hör zu
Höre meinen Reim.
Deine Zeit ist vorbei.
Schau mich an
Weine nicht
Du wirst sterben!

"He always leaves
before
The door."

Er verschwindet immer
Vor
dem Tor.

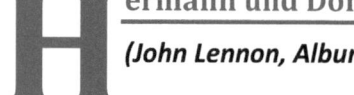

Hermann und Dorotea

(John Lennon, Album: Double Fantasy)

Woman,
I can hardly express
My mixed emotions and my thoughtlessness
After all, I'm forever in your debt.
And woman, I will try to express
My inner feelings and my thankfulness
For showing me the meaning of success.
Oh well …

Woman,
I know you understand
The little child inside a man
Please remember, my life is in your hands
And woman, hold me close to your heart
However distant, don't keep us apart
After all it is written in the stars.
Oh well…

Woman,
Please let me explain
I never meant to cause you sorrow or pain
So let me tell you again and again and again
I love you, yeah, yeah, yeah, now and forever …

(John Lennon, aus dem Album: Doppelte Fantasie)

Ich kann sie kaum ausdrücken
Meine widersprüchlichen Gefühle, meine Gedanken-
losigkeit
Nach allem – ich stehe für immer in deiner Schuld.
Ich werde versuchen, sie auszudrücken
Meine Gefühle und meine Dankbarkeit dafür
Dass du mir die Bedeutung des Erfolgs gezeigt hast.

Ich weiß, dass du es verstehst
Das kleine Kind im Innern eines Mannes
Bitte denk daran, mein Leben ist in deinen Händen
Halte mich eng an dein Herz.
Wenn wir auch ganz fern voneinander sind,
lass uns nicht voneinander entfernt sein.
Denk daran, was in den Sternen steht.

Lass mich dir erklären
Dass ich dir niemals Schmerzen zufügen wollte.
Lass mich dir immer und immer wieder erzählen
Dass ich dich liebe – jetzt und für immer.